Tsubasa Wo Motsu Mono by Natsuki Takaya

First published in Japan in 1996 by Hakusensha Inc., Tokyo
French language translation rights in France arranged with HAKUSENSHA, Inc., Tokyo through Tohan Corporation, Tokyo

Supervision éditoriale : Akata

Dépôt légal : janvier 2006. I.S.B.N. : 2-84789-951-0
Première édition.

Traduction : Victoria-Tom
Adaptation : Bruno Pham
Lettrage : Erwan Charles
Conception graphique : Trait pour Trait

Imprimé et relié en décembre 2005
sur les presses de l'imprimerie Aubin, à Ligugé.

www.akata.fr
www.editions-delcourt.fr

LA FEMME DÉFIGURÉE

Ces derniers temps, d'étranges phénomènes se produisent en ville ! Il semble qu'une femme à la bouche atrocement déchirée rôde à la sortie de l'école. On parle aussi d'un bébé mutant qui se nourrit de chair humaine, et d'une jeune fille dont le maquillage ronge la peau ! Attention, la rumeur se répand… Laissez-vous happer par l'univers oppressant de Kanako Inuki. Trois histoires, pétries de légendes urbaines, qui alimenteront vos cauchemars pendant longtemps !

***La Femme défigurée* de Kanako Inuki**
Série en 2 volumes ; 192 à 224 pages n&b.

LE MANOIR DE L'HORREUR

Bienvenue au Manoir de l'horreur !
Venez y goûter l'horreur façon "Ochazukenori" : une finesse du trait et des personnages désincarnés, au service d'histoires courtes mais sanglantes, nerveuses et cauchemardesques... Le coup de fil d'un ancien amoureux des années lycée fait chavirer la vie bien réglée de Sanaé dans la spirale de la folie. Un père possessif taille les amoureux de sa fille à coups de hache. Deux jeunes filles se promettent de demeurer ensemble, jusque dans la mort...
Prenez bien soin de vous.

Le Manoir de l'Horreur **d'Ochazukenori**
Série en 10 volumes ; 192 à 224 pages n&b.

INITIATION

Ki-itchi Aiura n'a que quinze ans lorsqu'il entreprend un voyage d'initiation pour retrouver le trésor de sa famille, une épée. En chemin, il se perd et arrive par hasard à Kébigasawa, un hameau fantômatique perché sur la montagne. Invité à dormir dans la seule auberge de l'endroit, il rencontre alors des femmes qui vont l'initier à une culture de la sexualité dont il ne soupçonnait pas l'existence dans son pays. Avec « Initiation », vous découvrirez comment la sexualité peut être vécue en communauté. Et c'est une femme, Haruko Kashiwagi, qui nous fait découvrir ce que la culture japonaise a toujours su évoquer sereinement et sans tabou : le sexe.

***Initiation* de Haruko Kashiwagi**
Série en 5 volumes ; 224 à 352 pages n&b.

TAJIKARAO

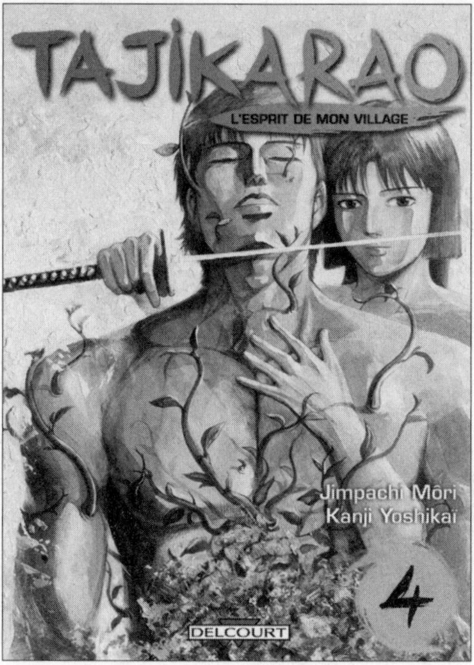

Petit hameau du sud du Japon, Yamagami est épargné par la modernisation, mais n'est plus peuplé que de vieillards qui pratiquent des rites shinto très anciens et vivent en harmonie avec la nature. Le retour au pays d'un jeune prodigue, traqué par des yakuzas, bouleverse cet équilibre. Tajikarao, dieu protecteur du village, va de nouveau se réveiller et manifester sa colère.
Tajikarao est une œuvre surprenante qui démonte les artifices qui animent la foi en notre manière de vivre.

Tajikarao, l'esprit de mon village
de Jimpachi Môri & Kanji Yoshikaï
Série en 4 volumes ; 256 à 288 pages n&b.

NIRAIKANAI

1997. À l'instant même où la station Mir est détruite dans des circonstances mystérieuses, une jeune photographe disparaît à Okinawa dans une explosion inexpliquée. Indignée que la police ait conclu à un suicide et que les médias aient étouffé l'affaire, sa sœur, Mikami, est prête à tout pour découvrir la vérité. Elle engage Hotsuma, un "maître du son" et sa jeune assistante Rankû, une adepte d'arts martiaux étranges. Si c'est un dieu qui a tué la sœur de Mikami, alors il doit être châtié...

***Niraikanai, paradis premier* de Megumu Okada**
4 volumes parus, volume 5 à paraître ; 244 pages, n&b et couleur.
Série en 6 volumes.

INUGAMI

Fumiki est un lycéen rêveur. Au fond d'une usine abandonnée, il s'adonne à sa passion : la poésie. Sa rencontre avec un chien, le chiffre "23" tatoué sur l'oreille, va bouleverser sa vie. Magie noire, secte, corruption de la science, des pouvoirs politiques et militaires... L'Apocalypse a commencé. Émissaire guerrier des forces divines, le Dieu Chien vient pour purifier la planète de sa maladie la plus redoutable, l'homme. Quels vont être les rôles de Fumiki et de 23 ?

***Inugami, le réveil du dieu chien* de Masaya Hokazono**
Série en 14 volumes ; 224 à 256 pages n&b.

TSURU

Loin des traditions ancestrales, Tsuru n'aspire qu'à découvrir le monde et à ouvrir son peuple à d'autres connaissances. Libre, rebelle, créative et pleine de vie, elle défie les convenances pour réaliser ses rêves et faire évoluer les mentalités. Affrontement nautique, construction de bateau novateur et anéantissement de hordes de rats sauvages sont les premiers faits d'arme d'une princesse peu ordinaire, capable de quitter son peuple pour mieux le servir ! La princesse Tsuru est une jeune femme volontaire du XVIe siècle qui traverse avec courage son époque. Ce manga, inspiré de faits réels, vous plongera au cœur du Moyen Âge nippon.

Tsuru, princesse des mers **de Hideki Mori**
Série en 3 volumes ; 224 pages n&b.

SATSUMA

Au milieu du XVIIIe siècle, les samouraïs du fief de Satsuma mènent une existence rude et laborieuse. Ils travaillent la terre pour gagner leur maigre pitance. Ils sont aussi les souffre-douleurs des samouraïs des classes supérieures. Las des humiliations, ils se rebellent contre leurs oppresseurs. Sakon Shiba, un samouraï charpentier, mène l'insurrection. Coupable de sédition, il est condamné à mort. Mais lors d'une cruelle chasse à l'homme, il gagne son acquittement, battant en duel un des samouraïs, Gondô. Jûzaburô, le fils de Gondô, décide de venger la mort de son père et de réparer l'offense.

Satsuma, l'honneur de ses samouraïs **de Hiroshi Hirata**
Série en 6 volumes ; 224 à 256 pages n&b.

BAKI

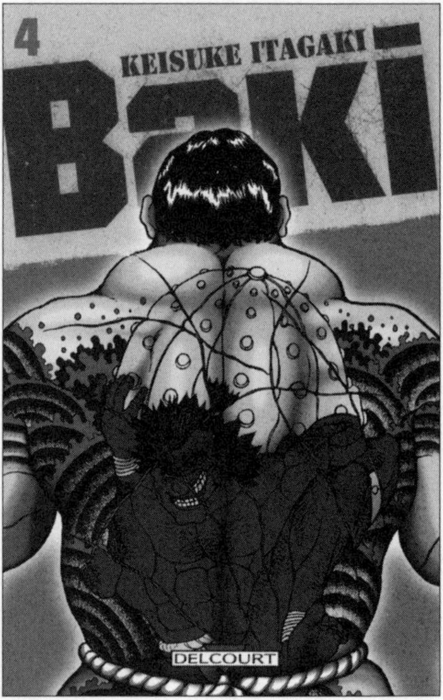

Dans la course au titre de plus grand combattant de tous les temps, les challengers ne manquent pas. Baki, un jeune qui s'entraîne depuis sa plus tendre enfance, va l'apprendre à ses dépens. Alors que d'autres jouent aux jeux vidéo et vivent par procuration les aventures de leurs héros, Baki, lui, a passé sa jeunesse à forger son corps et son esprit pour devenir un véritable champion de la lutte libre. Alors qu'il souffre encore de blessures récentes, il va devoir affronter cinq des plus féroces tueurs que la Terre ait connue...

***Baki* de Keisuke Itagaki**
4 volumes parus, volume 5 à paraître ; 192 à 224 pages n&b.
Série en cours.

COQ DE COMBAT

Ryô Narushima a toujours vécu dans le confort. Il a seize ans. Il a tué ses parents… Placé en maison de corrections, il est victime des brimades les plus ignobles. Lui capable du pire, le voilà affaibli, psychologiquement et physiquement. Une ultime entrevue avec sa jeune sœur et les leçons d'un professeur de karaté vont le transformer. La découverte de l'esprit du combat va donner un sens à sa vie…
À l'emprisonnement de nos sociétés sécuritaires, les auteurs opposent la rééducation par la pratique codifiée du dépassement de soi.

***Coq de Combat* d'Izo Hashimoto & Akio Tanaka**
13 volumes parus, volume 14 à paraître ; 224 pages n&b.
Série en cours.

IMBÉCILES HEUREUX !

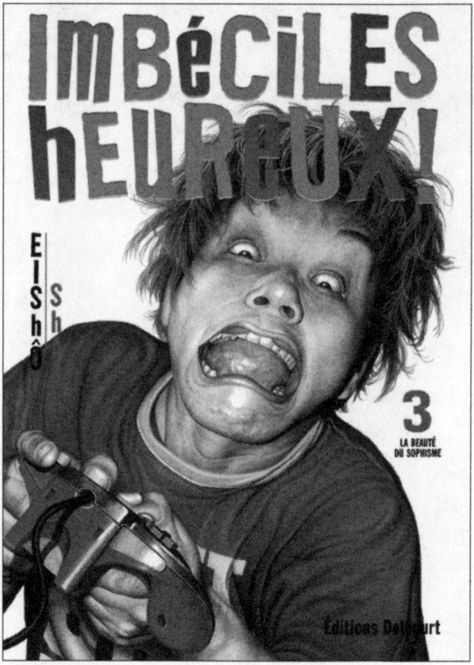

Des parents capables du pire pour protéger leur incorrigible rejeton, une jeune femme prête à offrir sa virginité en échange de quelques liasses de billets, un abruti qui se refuse à respecter les interdictions, un malheureux pris pour cible par un journal à scandale... Il faut de tout pour faire un monde ! Voici une sélection de premier choix des plus beaux spécimens d'imbéciles heureux, amoraux et égoïstes. Ils ne reculent devant rien pour accomplir leurs sordides desseins ! Vous allez découvrir de nouvelles légendes urbaines contées avec talent dans ce manga corrosif où tout est possible... Surtout le pire !

***Imbéciles heureux !* d'Eishô Shaku**
Série en 3 volumes ; 224 à 256 pages n&b.

Ex-chef d'une bande de voyous à moto, Kazuya Kagami vient d'intégrer les rangs de la police. Toujours attaché à ses valeurs, c'est avec sincérité qu'il persiste à protéger ce qui est juste à ses yeux, quel qu'en soit le prix à payer. Pourtant témoin d'injustices, de lâchetés ou de trahisons, ses réactions maladroites et violentes provoquent souvent pagaille et réactions administratives. Kyôsuke Hôjô, autre jeune recrue formatée par les études universitaires, ne peut s'empêcher d'éprouver de l'admiration pour ce flic insolite. Sous le ciel d'une mégalopole où prolifère le crime, quelle voie va emprunter celui qui lutte pour la justice ?

***Flic à Tokyo* de Keiichi Suzuki**
Série en 8 volumes ; 192 à 224 pages n&b.

KI-ITCHI !

Ki-itchi est un garçon d'à peine trois ans qui ne pleure ni ne parle beaucoup, mais qui se conduit selon son cœur, conscient de ce qu'il fait. Un vrai petit garçon au caractère viril ! Choyé par ses parents, il réside à Tokyo et pose son regard pur et acéré sur le Japon actuel, un environnement qui souffle alternativement le chaud et le froid dans sa vie. Bruits urbains omniprésents ; bavardages des mères, égoïstes ou superficielles ; jalousie et faiblesse que côtoient aussi compréhension et abnégation. Un univers étrangement familier...

***Ki-itchi !!* de Hideki Arai**

5 volumes parus, volume 6 à paraître ; 224 pages n&b.
Série en cours.

Dans la Bretagne du XVIIe siècle, un alchimiste éconduit créa un jour l'*Aquæ Vitæ*, qui permit de donner la vie à une simple poupée mécanique...
Dans le Tokyo actuel, Narumi, déguisé en ours, divertit les passants lorsqu'un soudain malaise le contraint à suspendre son spectacle. Le seul spectateur à sourire de ses pitreries, un jeune garçon nommé Masaru, se fait soudainement kidnapper sous ses yeux... Narumi le secourt, sans hésiter. Masaru lui révèle alors qu'il est l'héritier d'un colossal empire financier, spécialisé dans la mécanique de précision... Que contient l'étrange valise qu'il traîne à ses côtés ?

Karakuri Circus de Kazuhiro Fujita

12 volumes parus, volume 13 à paraître ; 192 à 224 pages n&b.
Série en cours.

PERSONA

Dans une ville japonaise de province, un lycéen, Kazumi Kiba, découvre un étrange pouvoir enfoui au plus profond de lui, sa "persona". L'éveil de sa persona signe pour lui le début d'une nouvelle vie, car d'apparence paisible, la ville se révèle peuplée de démons... Ceux qui peuvent les voir sont implacablement pourchassés et privés de leur alter ego psychique. Emporté malgré lui dans une guerre qui le dépasse, Kiba devra prendre sa vie en main et faire des choix douloureux...

***Persona* de Naotsugu Matsueda**

Série en 3 volumes ; 224 pages n&b.

À l'époque des samouraïs, Tobé était un assassin sans pitié, condamné à mort à l'âge de seize ans. Depuis, il erre en enfer, mais ce séjour n'a nullement émoussé son agressivité. Un jour, le seigneur-démon Émma lui propose un marché : il obtiendra le salut de son âme à condition d'éliminer 108 fautes ou crimes, en 108 jours. Précipité dans notre époque, il dispose de Togari pour accomplir sa tâche, une épée qui a le pouvoir d'exorciser la haine enfouie dans le cœur des hommes. En sera-t-il de même pour Tobé ?

Togari, l'épée de justice **de Yoshinori Natsume**
Série en 8 volumes ; 192 pages n&b.

LARME ULTIME

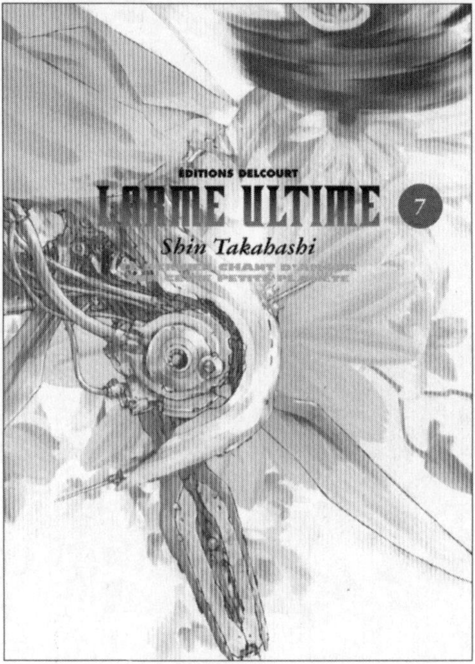

Shûji et Chise forment un couple de lycéens ordinaires au sein d'une ville épargnée par une guerre hyper-technologique. Le journal intime qu'ils tiennent en commun dévoile à Shûji celle qu'il commence à aimer : le corps de la jeune fille abrite un terrible secret...
À la gabegie actuelle, Shin Takahashi oppose un sentiment paradoxal, mélange d'impuissance et de volonté farouche de s'en sortir. L'Amour : une réponse Ultime aux désordres ?

***Larme ultime* de Shin Takahashi**
Série en 7 volumes ; 224 à 352 pages n&b.

Introverti et maladroit, Yukio n'ose pas aborder Izumi, la fille la plus populaire de son école. Il a pourtant du caractère, mais sa personnalité demande encore à naître. En sauvant un chien, il fait la connaissance de Ryûsuke, un guitariste charismatique qui l'invite à un concert de rock. C'est la première fois que Yukio entend cette musique et il en sort transformé ! Entraîné par ces nouvelles rencontres, il découvre alors le monde de la musique. Bien vite, la petite sœur de Ryûsuke se rend compte de son potentiel...

***Beck* de Harold Sakuishi**
9 volumes parus, volume 10 à paraître ; 192 à 224 pages n&b.
Série en cours.

LES LAMENTATIONS DE L'AGNEAU

La famille Takashiro cache un terrible secret. En passant à l'âge adulte, certains de ses membres éprouvent un irrépressible besoin de boire du sang humain ! Séparé de sa sœur Chizuna depuis longtemps, Kazuna Takashiro, maintenant adolescent, est très mal à l'aise à chaque fois qu'il voit des objets de couleur rouge. Alors qu'il cherche à comprendre l'origine de ces malaises, il retrouve brusquement sa sœur. Un terrible dilemme se présente bientôt à lui : rester avec celle-ci pour toujours, ou continuer à mener une existence normale en risquant de mettre la vie des autres en danger...

***Les Lamentations de l'Agneau* de Kei Toume**
5 volumes parus, volume 6 à paraître ; 192 à 224 pages n&b.
Série en 7 volumes.

SING "YESTERDAY" FOR ME

Le décor est celui d'une petite supérette ouverte jour et nuit, à Tokyo. C'est là que travaille Rikuo Uozumi, un jeune homme tout juste sorti de l'université. Sans grande ambition, il n'a rien trouvé, ou plutôt rien cherché à faire de mieux depuis qu'il a arrêté ses études. Le retour d'un ancien amour d'étudiant et l'arrivée tonitruante d'une jeune fille excentrique parviendront-ils à le faire sortir de sa léthargie ? Dans ce petit théâtre de quartier, c'est l'éternelle comédie des sentiments qui se joue...

***Sing "Yesterday" for me* de Kei Toume**
4 volumes parus, volume 5 à paraître ; 224 à 256 pages n&b.
Série en cours.

BX

Nénohi, une jeune lycéenne au comportement libéré, n'hésite pas à coucher avec un garçon dès leur première rencontre ! Alors qu'elle rentre d'une soirée arrosée, elle rencontre un jeune boxeur et pour Nénohi, c'est le coup de foudre... Mais elle va se découvrir une rivale impalpable et exigeante : la boxe. Car lui n'a qu'un seul objectif : devenir champion du monde. De plus, s'il s'entraîne comme un fou, c'est aussi pour s'affranchir d'un passé douloureux. Alors, amour et boxe peuvent-ils être compatibles ? Qui du sport ou de l'amour sortira vainqueur de ce combat acharné ? BX est un manga qui traite des réalités contemporaines avec le même esprit que Nana.

***BX* de Mari Okazaki**
One-shot ; 224 pages n&b.

DÉCLIC AMOUREUX

Maki est une lycéenne dotée d'un grand talent pour la photo. Fascinée par le bruit du déclencheur, elle ne se lasse pas de prendre des clichés de Yumi, sa copine toujours à la recherche du prince charmant. Un jour, le chemin de Maki croise celui d'un photographe professionnel qui remarque immédiatement son potentiel. Il va savoir la convaincre de participer à un concours, mais cette attention n'est pas dénuée d'intérêt. Quelle idée peut-il avoir derrière la tête? Quelles expériences attendent Yumi et Maki, ces deux jeunes filles à peine sorties de l'adolescence ?

***Déclic amoureux* de Mari Okazaki**
One-shot ; 192 pages n&b.

MAGIE INTÉRIEURE !

Haruko a perdu sa maman lorsqu'elle avait huit ans, mais avant de mourir, cette dernière lui a transmis son nom de sorcière, Cynthia, ainsi qu'un chat messager des dieux, Silk. À présent, la jeune fille possède elle aussi un don mais elle n'a pas encore découvert lequel ! Un jour, elle trouve dans son casier du collège une lettre qui l'incite à se lancer dans une "chasse aux sorcières". Les missives se multiplient et deviennent de plus en plus agressives. Même les professeurs ne semblent pas étrangers à ces menaces ! Aidée de ses amies Chika, Akane et du charmant Kinosaki-sempai, elle se met en quête du coupable... Qui s'acharne ainsi sur Haruko ?-

***Magie intérieure !* de Saki Hiwatari**
Série en 4 volumes ; 192 à 224 pages n&b.

Comment réparer une erreur humaine aux conséquences planétaires ? En 1954, Einstein, mourant, est pris de remords après les catastrophes de Hiroshima et Nagasaki. Il confie alors un dernier souhait à deux enfants, Hikaru et Haruhi, ainsi qu'une pilule qui ralentira leur vieillissement.
2005, à Tokyo . Pour apaiser la douleur de sa mère, Ruika Atsuki a pris la place de son frère, décédé, et renie de toute son âme sa féminité. Mais un jour, elle rencontre un charmant jeune homme, Hikaru. Bien qu'elle ne l'ait jamais vu, lui la cherchait... Elle est sa raison de vivre.

***Global Garden, le dernier rêve d'Einstein* de Saki Hiwatari**
Série en 8 volumes parus ; 192 pages n&b.

GOKINJO

Mikako et Tsutomu sont amis d'enfance, ils habitent le même immeuble, fréquentent le même lycée d'art : l'Académie Yazawa. Mikako rêve d'ouvrir sa propre chaîne de boutiques de vêtements ! Quand, un soir, Tsutomu rentre chez lui accompagné par une fille, le cœur de Mikako vacille... Quel est ce sentiment qu'elle ressent ? Malgré les sous-entendus de sa copine Risa, Mikako ne comprend pas. Voici une histoire touchante et drôle qui décrit les relations troublantes qui existent parfois entre des adolescents, quand amour et amitié se confondent.

Gokinjo, une vie de quartier **d'Ai Yazawa**
Série en 7 volumes ; 192 à 224 pages n&b.

NANA

Nana. Un même prénom pour deux jeunes filles aux caractères si différents et pourtant liées par une amitié quasi fusionnelle. Leur vie en colocation touche à sa fin et chacune semble prendre un chemin qui l'éloigne de l'autre... Nana Ôsaki part habiter avec Ren, son premier amour. Elle met toute son énergie dans son groupe Blast dont les débuts professionnels tardent. Quant à Nana Komatsu, elle tombe enceinte de Takumi, ce qui n'était pas prévu. Mais est-ce que chacune suit vraiment les voies qui mèneront au bonheur ?

Nana d'Ai Yazawa

12 volumes parus, volume 13 à paraître ; 192 à 288 pages n&b et couleur. 2 coffrets disponibles. Série en cours.

FRUITS BASKET

Tohru, lycéenne orpheline, est hébergée par la famille de ses camarades de classe Yuki et Kyô Soma. Mais ceux-ci dissimulent un lourd secret que la jeune fille ne tarde pas à découvrir : au contact d'une personne du sexe opposé, ils se transforment en l'un des douze animaux du zodiaque chinois ! Peu à peu, la gentillesse et la sincérité de Tohru apaisent les cœurs tourmentés. Mais pourquoi respectent-ils et craignent-ils autant leur jeune chef, le bel Akito ? Tohru parviendra-t-elle à comprendre le réel secret de cette famille et à lui apporter le bonheur ?

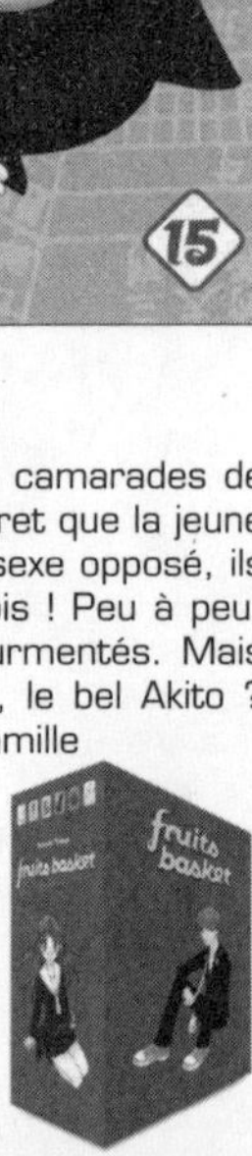

***Fruits Basket* de Natsuki Takaya**
15 volumes parus, volume 16 à paraître ; 192 à 224 pages n&b.
2 coffrets disponibles. Série en cours.

OUAH !
C'EST KOTOBUKI, LA VOLEUSE !
PAM
Aïe !
ZUT !
ELLE EST TRÈS RAPIDE ...
... UN VRAI SINGE !
CETTE FOIS-CI, ON DOIT ANTICIPER ...
TIENS ? MAIS OÙ EST LE CAPITAINE ?
IL EST ENCORE PARTI SEUL ?!
MAIS JE RÊVE ?!
ILS OSENT ME TRAITER DE SINGE !!
POC
GNIAAA !
...
SPAAAAF

NOUS SOMMES SUR LA TERRE...
TOTALEMENT DÉVASTÉE...
DE LA FIN DU VINGT-DEUXIÈME SIÈCLE
IL Y A EU TANT DE GUERRES...
QUE MAINTENANT SUR CETTE PLANÈTE RAVAGÉE, DE NOMBREUX BÂTIMENTS SONT ABANDONNÉS, VIDES OU DÉTRUITS
LES ULTIMES VESTIGES DES TECHNOLOGIES D'AUTREFOIS SONT RÉSERVÉS AUX MILITAIRES, AUX POLITIQUES ET AUTRES MILLIONNAIRES
QUANT AU PEUPLE, IL VIT DANS UNE MISÈRE ABSOLUE ET UNE INSÉCURITÉ PERMANENTE. RARES SONT CEUX QUI TROUVENT DU TRAVAIL
AU VOLEUR !!

Tiens, salut !
SOYEZ LES BIENVENUS DANS LE MONDE PLEIN D'AMOUR ET DE VOLUPTÉ DE CE MANGA QUI VOUS RACONTE NOTRE VIE QUOTIDIENNE
AAAAAH !
NE L'ÉCOUTEZ PAS ! IL DIT N'IMPORTE QUOI !!
En tout cas, ça commence ici

Ceux qui ont des ailes

Sommaire

Ceux qui ont des ailes

NATSUKI TAKAYA

Volume 1

ÇA NE SERVAIT À RIEN DE T'INQUIÉTER, JE SERAIS REVENU TRÈS RAPIDEMENT !
...
RAÏMON, JE ...
ACCRO-CHE-TOI BIEN
LES INDICES SONT DANS CE BÂTIMENT
c'est donc ici qu'ils organisent leurs enchères ...
POURQUOI ?
QUOIIIII ?!
QUOI ?!
NOUS VOILÀÀÀ !
AÏÏÏE !!
SBANG
MAIS !
ARRÊTE !
AH !
CRAC

SILENCE
AH !
ET VOILÀ !
VRRRR
C'EST JUSTE UN PEU CASSÉ ...
IMBÉCILE !
GOKH
MAIS TU VOULAIS ME TUER OU QUOI ?!
ARRÊTE DONC DE FAIRE N'IMPORTE QUOI !
TU AGIS TOUJOURS SANS L'AVIS DES AUTRES, HEIN ?!
JE NE VOULAIS PAS ...
...
LUI DIRE ÇA !
SI JAMAIS IL SE MOQUAIT DE MOI PAR MÉCHANCETÉ
JE NE SAURAIS COMMENT RÉAGIR
MAIS J'AI EU SI PEUR

JE FAIS SEMBLANT D'ÊTRE FORTE POUR CACHER MES FAIBLESSES ...
SINON ÇA VA ME RENDRE MALADE
MAIS JE DOIS LUI DEMANDER CE QU'IL PENSE DE MOI
KOTOBUKI ...
QUE TU ES MIGNONNE !

BADAM
!!
MAIS !
MAIS !
...
MAIS !
MAIS !
...
MAIS ...
POURQUOI ?!
IL NE FAUT PAS PLEURER !
SINON JE VAIS ENCORE T'EMBÊTER
MAIS ÇA NE RIME À RIEN !

ÇA M'EST ÉGAL SI TU NE M'AIMES PAS
ENFIN, JE SAIS TRÈS BIEN QUE JE NE TE LAISSE PAS INDIFFÉRENTE ...
JE TE L'AI DÉJÀ DIT, NON ?
PUISQUE TU ES INSOLENTE, NOUS ALLONS FAIRE UN PARI
SI J'AGIS AINSI ...
C'EST POUR QUE TU NE M'OUBLIES PAS
JE NE TE LAISSERAI PAS ...
LORS DE NOTRE PROCHAINE RENCONTRE
SI JAMAIS JE T'ATTRAPE ...
TU SERAS À MOI !

mais alors ...
TU N'AS PAS OUBLIÉ CE PARI !
JE N'AI JAMAIS DIT QUE JE L'AVAIS OUBLIÉ !
ALORS, CETTE "AUTRE CHOSE" QUE TU VOULAIS FAIRE, C'ÉTAIT GAGNER TON PARI ?
je me trompe ?
À QUOI PENSAIS-TU, SINON ?
BIEN ÉVIDEMMENT !
IL A VRAIMENT QUITTÉ L'ARMÉE POUR ÇA ?!
MON RÊVE, C'ÉTAIT DE PASSER OUTRE NOS POSITIONS RESPECTIVES POUR RESTER AUPRÈS DE TOI
oh là là !
BAH ...
TU AS DÛ TROUVER MON COMPORTEMENT BIEN RIDICULE ...
MAIS C'EST COMME ÇA ...
QUE JE T'AIME !
dziiiii tchic
RAÏMON ...
RE-TOURNE-TOI ...

D2
ah !
C'EST DONC ÇA QU'IL GARDAIT SI PRÉCIEUSEMENT ?
ÇA A L'AIR CASSÉ ...
CE SONT DES INDICES POUR TROUVER LES "AILES" ?
ils sont tous habillés pareils ... ce sont des militaires ?
MAIS NON ! CE SONT DES IMAGES DES GENS QUI VIVAIENT BIEN AVANT LE VINGT-DEUXIÈME SIÈCLE
POUR ÇA ?
à quoi bon ...
DIS, TU CROIS QU'ELLES EXISTENT VRAIMENT, CES "AILES" ?
PEU M'IMPORTE ...
TOUT ÇA ...
MAIS C'EST TRÈS PRÉCIEUX ! PRESQUE TOUTES LES ARCHIVES ONT ÉTÉ BRÛLÉES PENDANT LA GUERRE
CAR FINALEMENT, QU'ELLES EXISTENT OU NON, LÀ N'EST PAS LA QUESTION
LES CHERCHER, EN RÊVER OU BIEN S'EN SERVIR COMME SOUTIEN MORAL ...

QUELLE QUE SOIT L'ÉPOQUE ...
LES HUMAINS ONT TOUJOURS EU BESOIN DE MYTHES
CAR ILS SONT PROFON-DÉMENT FAIBLES
... TU AS RAISON
JE ME RECONNAIS BIEN ...
DANS CE QU'IL DIT
SBRO...M
BRALAM
BRALAM
?!
BRALAM
Shô ...
SHÔKA ?
Mais tout va s'effondrer si on continue comme ça ...
Raïmoon ! je sais que tu es là !
grrr
PAR CONTRE, IL VAUT MIEUX ÉVITER DE FAIRE COMME ELLE ET D'Y CROIRE TROP FERMEMENT ...
oh là !
À FORCE DE COGNER PARTOUT, ELLE A FAIT S'EFFONDRER LE MUR !
Raïmon, réponds-moi !!
SHÔKA ARRIVE, MAIS LA SORTIE EST BOUCHÉE ...

ON SAUTE ?
ah !
T'INQUIÈTE PAS, JE SUIS QUELQU'UN DE CHANCEUX
ouuuh ! mais c'est quoi cet argument pourri ?
MAIS ÇA VA PAS LA TÊTE ! C'EST BIEN TROP HAUT !
je peux pas regarder en bas !
TACRAC
AH !
ON VOUS A TROUVÉS, RAÏMON !
TACRAC
ON SE LANCE ?
oh là !
ESPÈCE D'IDIOT ! TU VAS RÉFLÉCHIR UN PEU AVANT D'AGIR ?
je vais mou-rir !
CE TYPE EST VRAIMENT DÉRANGÉ !
MAIS POURQUOI CE GARÇON ME PLAIT ?!
POURQUOI POURQUOI POURQUOI!!!! ?
pre-nez ça !
VOUS ALLEZ GOÛTER À MA BOMBE SPÉCIALE !
GYAAH !

AH !
plof
keuf !
keuf !
EN FAIT ...
AÏE !
EH ! TU SAVAIS QU'IL Y AVAIT UN LAC EN BAS ?!
TU CROIS ?
DEVINE !
IL M'A COMPLÈTEMENT ...
EMBOBINÉE !

...
PRENDS GARDE À TOI ! CAR UN JOUR C'EST MOI QUI T'EMBOBINERAI ...
BLORP
zut alors !!
BLORP
ha ha ha
... EN TE VOLANT TOUT CE QUE TU AS DE PRÉCIEUX !
TCHA
ARGH !
ALORS TU AS EXPLOITÉ KOTOBUKI ?
HEUREU-SEMENT, IL PARAÎT QUE TU PAIES BIEN ...
oui
démon ...
EUH, OUI ! ET PUIS ELLE PEUT RECOM-MENCER À TRAVAILLER ICI ...
donc ne me frappez pas !
MAIS QUI VOUDRAIT CONFIER KOTOBUKI À UN TYPE AUSSI PITOYABLE QUE TOI ?
EUH ...
GRAND CAPITAINE ?
VOUS N'AVEZ VRAIMENT PAS L'INTENTION DE RÉINTÉGRER L'ARMÉE ?

VOUS NE CONNAISSEZ PAS CE PROVERBE ...
QUI DIT QUE LORSQU'ON ENTRAVE L'AMOUR D'AUTRUI
ON FINIT PAR MOURIR ...
PAR LE COUP DE SABOT D'UN CHEVAL ?
mais il existe pas du tout, ce proverbe !
JE PLAINS CETTE FILLE ...
... DONT IL EST AMOUREUX
KOTOBUKI ...
TON EX-PATRON VA TE PAYER ...
IL AVAIT JUSTE OUBLIÉ DE LE FAIRE
QUOI ?!
OUAH !
MA PREMIÈRE PAYE !
ÇA FAIT PLAISIR !
ÇA DONNE ENVIE DE FAIRE ENCORE PLUS D'EFFORTS !
je vais chercher un autre boulot !
BON ! SUR CE, JE TE LAISSE !
HEIN ?
MAIS ATTENDS, RAÏMON ...

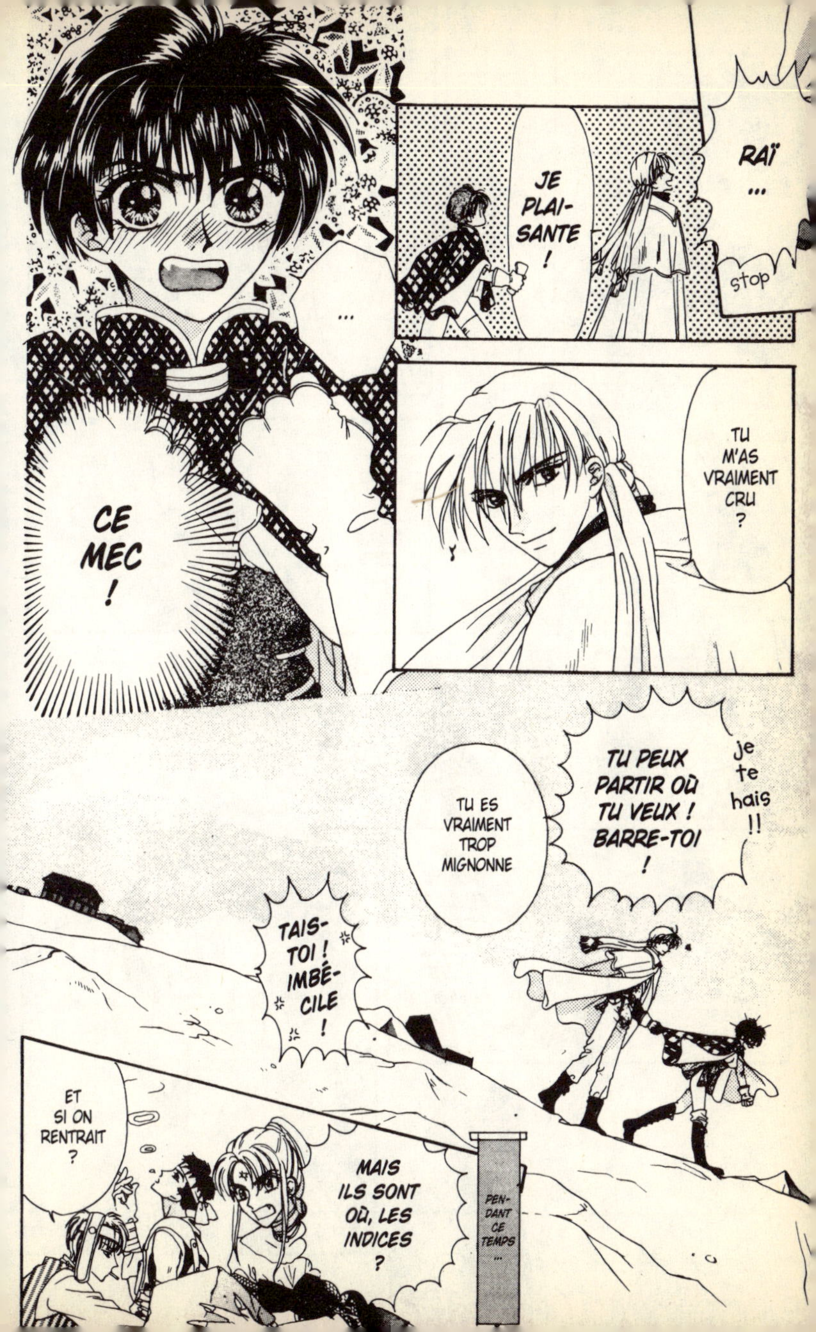
RAÏ ...
stop
JE PLAISANTE !
...
TU M'AS VRAIMENT CRU ?
CE MEC !
je te hais !!
TU PEUX PARTIR OÙ TU VEUX ! BARRE-TOI !
TU ES VRAIMENT TROP MIGNONNE
TAIS-TOI ! IMBÉCILE !
PENDANT CE TEMPS ...
MAIS ILS SONT OÙ, LES INDICES ?
ET SI ON RENTRAIT ?

Ceux qui ont
des ailes

LA TERRE À LA FIN DU 22ÈME SIÈCLE
S'IL VOUS PLAÎT ! J'AI BESOIN DE TRAVAIL !
ICI, ON N'EMBAUCHE PAS DES GENS QUE L'ON NE CONNAÎT PAS
ça ne sert à rien d'insister
NOS TERRES SONT STÉRILES, MÊME LES GENS DU VILLAGE N'ONT RIEN À MANGER !
DANS LE PASSÉ, IL Y A EU TANT DE GUERRES ...
QUE LA TERRE A ÉTÉ TOTALEMENT DÉVASTÉE ET TOUT CE QUI REND LA VIE FACILE ET AGRÉABLE EST L'APANAGE D'UNE POIGNÉE D'ÉLITES
LES HOMMES ORDINAIRES SONT OBLIGÉS DE VIVRE AU MILIEU DU CRIME ET DE LA PAUVRETÉ, EN SE DÉBROUILLANT GRÂCE À LEUR VOLONTÉ
MAIS JE PEUX GRIMPER DANS DES ENDROITS TRÈS ÉLEVÉS, ET JE SUIS AUSSI FORTE ET RAPIDE !
super !
re-garde-moi !
rocher
on est un magasin ...
EH BIEN TU N'AS QU'À DEVENIR VOLEUSE ...
BAH !!
MAIS JUSTEMENT NON ! JE NE PEUX PAS !
JE VEUX TRAVAILLER, VOUS COMPRENEZ ?
JE M'APPELLE KOTOBUKI, EX-VOLEUSE, AUJOURD'HUI À LA RECHERCHE D'UN EMPLOI

POUR SURVIVRE, JE N'AVAIS PAS D'AUTRE CHOIX ...
QUE D'ÊTRE VOLEUSE
MINCE ALORS ...
ghiii ...
PENDANT DES ANNÉES, J'AI ERRÉ SEULE, DE VILLE EN VILLE ...
bla
bla
MAIS DEPUIS ENVIRON UN MOIS, JE VOYAGE AVEC UN TYPE
JE T'AI FAIT ATTENDRE, RAÏMON ...
HEIN ?
où est-il passé ?
OH !
ET CE TYPE-LÀ ...
C'EST LUI !
TU AS ENCORE GAGNÉ ?!
C'EST TOUJOURS TOI QUI GAGNES !
HA !
raï ...
RAÏMON !!
MAIS QU'EST-CE QU'IL FAIT ?!
clok
clok
ILS SONT EN TRAIN DE JOUER AU MAH-JONG. TU LE CONNAIS, LUI ? IL N'ARRÊTE PAS DE GAGNER !

IL TRICHE !
JE SUIS SÛR QU'IL TRICHE !
KYAAAAH !
TACVAC
GONG
pas la table ...
PATRAC
PAS DU TOUT
NE ME METS PAS DANS LE MÊME PANIER QUE TOI ...
LE MOT "GÉNIE" A TOUT SIMPLEMENT ÉTÉ CRÉÉ POUR MOI
tu ne le savais pas ?
PSSHT
AUTREFOIS, IL FAISAIT PARTIE DE L'ÉLITE DE L'ARMÉE
le monde est plein de mystères
ha !!
IL S'APPELLE RAÏMON SHIRAGI ET IL A VRAIMENT UN SALE CARACTÈRE
T'AS BIEN JOUÉ, MON GARS !
tu veux bien m'apprendre à jouer ?
TIENS, KOTOBUKI !

TU AS ENFIN FINI TES RECHERCHES ?
JE SAIS BIEN QUE JE T'AI FAIT ATTENDRE, MAIS QU'EST-CE QUE TU FAIS LÀ ?
OH LÀ LÀ ...
ON M'A ACCUSÉ DE TRICHERIE, J'AI EU SI PEUR !
CESSE DONC DE RA-CONTER N'IMPOR-TE QUOI !!
À NOTRE ÉPOQUE, POUR ÊTRE MILITAIRE, IL FAUT APPARTENIR À LA HAUTE SOCIÉTÉ
DÉGAGE !
il a eu tellement peur qu'il n'a plus de force
zut ! il a déjà une copine !
RAÏMON ÉTAIT SI TALENTUEUX QU'IL FUT NOMMÉ GRAND CAPITAINE DE LA POLICE MILITAIRE (MAIS JE N'ARRIVE TOUJOURS PAS À LE CROIRE)
qu'est-ce qu'on fait de lui ?
QUAND J'ÉTAIS VOLEUSE, IL ME POURSUIVAIT EN FAISANT SEMBLANT DE VOULOIR M'ARRÊTER
ça ne se voit pas, mais elle est en train de voler
tu veux du chocolat, ma petite Kotobuki ?
MAIS UN JOUR, ALORS QUE JE VENAIS CHANGER DE VIE, JE L'AI RENCONTRÉ À NOUVEAU
salut !
ON A ÉTÉ IMPLIQUÉS DANS UNE AFFAIRE BIZARRE AVEC UNE VOLEUSE DU NOM DE SHÔKA
quoi ?
qu'est-ce que vous voulez ?
ses hommes
ET J'AI APPRIS QUE RAÏMON AVAIT QUITTÉ L'ARMÉE
MON RÊVE, C'ÉTAIT ...

... DE PASSER OUTRE NOS POSITIONS RESPECTIVES POUR RESTER AUPRÈS DE TOI
VOILÀ OÙ NOUS EN SOMMES AUJOURD'HUI ...
BLUSH
alors ...
ÇA DONNE QUAND MÊME L'IMPRESSION QU'ON FORME UN COUPLE ?
C'EST PARCE QUE TU N'AS PAS TROUVÉ DE TRAVAIL ...
QUE TU NE VEUX PAS MANGER ?
et alors ?!
ÇA DEVIENT FATIGANT ! ON VOYAGE POUR QUE JE TROUVE UN BOULOT ...
ALORS POURQUOI N'Y EN A-T-IL PAS
MAIS ÇA NE FAIT RIEN, TANT QUE JE PEUX SUBVENIR À TES BESOINS
NON !!
je ne veux pas !
JE MARQUE TOUT CE QUE JE TE DOIS SUR UNE LISTE !
JE NE T'AI JAMAIS DEMANDÉ DE M'ENTRETENIR ...

OUPS !
POURQUOI TE BRAQUES-TU AUTANT ?
NE SOMMES-NOUS PAS CENSÉS TOUT PARTAGER ?
AAAAA !
IL EST GRAND TEMPS QUE J'AILLE CHERCHER DU TRAVAIL !
BLA
BLA
QU'EST-CE QUI SE PASSE ?
CE SONT LES GENS DE SARABINA
C'EST LA SECTE POUR LES "AILES"
LA SECTE POUR LES "AILES" ?
UNE LÉGENDE URBAINE RACONTE ...
QU'IL Y A LONGTEMPS, TRÈS LONGTEMPS, SORTANT DE LA TERRE, APPARURENT D'INNOMBRABLES "AILES" LUMINEUSES
AVANT DE DISPARAÎTRE ELLES EXAUCÈRENT TOUS LES VŒUX DE CEUX QUI SE TROUVAIENT LÀ,

ON NE SAIT PAS VRAIMENT DE QUOI IL S'AGIT OU QUELLE FORME ELLES ONT ...
MAIS ELLES SERAIENT ENFOUIES QUELQUE PART SOUS LA TERRE
CELUI QUI LES SAISIRA POURRA RÉALISER TOUS SES RÊVES
COMME VOUS LE SAVEZ DÉJÀ ...
NOTRE TERRE EST ÉPUISÉE, ELLE EST DÉVASTÉE ...
ELLE NE PEUT EXPRIMER NI SA DOULEUR NI SA PEINE, ALORS ELLE ATTEND SILENCIEUSEMENT SA MORT
MAIS SI LA TERRE VENAIT À MOURIR, NOUS MOURRIONS AUSSI !
POUR ÉVITER QUE CELA N'ARRIVE ...
NOUS N'AVONS QU'UNE SEULE ISSUE : LA FORCE DES "AILES" !
MÊME SI INDIVIDUEL-LEMENT NOUS N'AVONS AUCUN POUVOIR ...
SI NOUS NOUS RÉUNISSONS POUR PRIER ENSEMBLE ...
ELLES APPARAÎTRONT DEVANT NOUS ET NOUS SAUVERONT !
VOILÀ CE QUE NOUS CROYONS CHEZ SARABINA !

OUAH...
clap
clap
cla
IL EXISTE DE NOMBREUSES SECTES QUI VOUENT UN CULTE AUX "AILES" ...
tu veux en manger un autre ?
oui
...
MAIS C'EST LA PREMIÈRE FOIS QUE J'ENTENDS PARLER DE SARABINA
C'EST NORMAL, ILS N'EXISTENT QUE DEPUIS SIX MOIS ! ILS ONT FAIT CONSTRUIRE DES TOURS PRÈS DU VILLAGE
LE MAÎTRE DUMAS FAIT DES DISCOURS COMME CELUI-CI DÈS QU'IL A UN PEU DE TEMPS ...
MAIS LES "AILES" NE SONT QU'UNE LÉGENDE !
la moitié des villageois n'y croit pas du tout !
CE N'EST PAS QUE JE N'Y CROIS PAS, MAIS ...
j'ai un peu de mal avec ce genre de trucs
CRUNCH
CRUNCH
C'EST LA PREMIÈRE FOIS QUE JE VOUS VOIS, MADE-MOISELLE
VOUS ÊTES EN VOYAGE ?
BOBOM
QUOI ?!
EUH ...
SI VOUS ÊTES INTÉRESSÉE, RENDEZ-NOUS VISITE AUX TOURS ...
QUAND VOUS LE SOUHAITEZ !

C'EST QUOI ÇA ?
DES VENTILATEURS GÉANTS ?
CE SONT LES TOURS QUI SYMBOLISENT SARABINA
QUEL MAUVAIS GOÛT ...
RAÏMON !!
MAÎTRE DUMAS ...
J'ARRIVE DE SUITE
QUE LES SAINTES MAINS DES "AILES" VOUS TOUCHENT
AH ...
VOILÀ DE BIEN CURIEUSES TOURS ...
BLA
BLA
IL EST BEAU, MAIS UN PEU ÉTRANGE ...
BLA

—3—

À cause de ce que je viens de vous dire, beaucoup de gens trouvent que je suis quelqu'un qui fait peur, avec ces regards vraiment méchants. Mais c'est inévitable, car j'ai l'habitude de froncer les sourcils et de soupirer. (c'est presque vilain, ça !!) La vraie Natsuki Takaya est étonnamment étourdie, comme une machine à laquelle il manquerait des boulons ! Malgré tout, mes amis disent qu'au début, quand nous avons fait connaissance, ils pensaient que j'étais en colère. Oh là là !! Je suis vraiment désolée pour eux ! Ils pensaient également que s'ils parlaient de dessins animés avec moi, cela me mettrait en colère. Mais aujourd'hui, on éclate de rire quand on repense à toutes ces histoires ! Car bien sûr, j'adore passionnément les dessins animés ! Enfin c'est bien, les dessins animés non ? Mon premier amour était Akira Hibiki, un personnage d'un dessin animé. Pourtant, j'avais complètement oublié son visage et son aspect, et c'est en jouant au jeu vidéo "Robot Wars" que je me suis dit : "Mais oui ! Il avait cette tête-là !" et "Il était doublé par Akira Kamiya !!" (Et tu oses affirmer qu'il était ton premier amour alors que tu as pu l'oublier ?!) Aujourd'hui encore, il y a quelques personnages de dessins animés que j'adore, mais comme c'est toujours d'actualité et que tout le monde risque de les reconnaître, je vais en garder le secret (rires).

KOTOBUKI ...
TU VEUX CONTINUER À CHERCHER UN TRAVAIL ICI OU TU PRÉFÈRES ALLER AILLEURS ?
huum
LES GENS D'ICI ONT DÉJÀ BIEN DU MAL À SUBVENIR À LEURS PROPRES BESOINS, ALORS ...
bivouac
MAIS N'AS-TU PAS ENVIE D'ALLER CHEZ SARABINA POUR INVOQUER LES "AILES" ?
EH ! POURQUOI TU DIS ÇA ALORS QUE TU SAIS TRÈS BIEN QUE NON ?
JE N'AI PAS BESOIN D'EUX POUR ÇA ...
TIENS ?
C'EST QUOI CE TRUC SUR TA POITRINE ?
ÇA ? C'EST UN TATOUAGE ...
ON EST OBLIGÉ DE LE FAIRE À L'ARMÉE
ah bon ...
QUAND JE VOIS ÇA, ÇA ME RAPPELLE QUE TU ÉTAIS MILITAIRE ...
ET TOI, KOTOBUKI, QUAND VAS-TU ABANDONNER DÉFINITIVEMENT TA CARRIÈRE DE VOLEUSE ?
GRR
POURQUOI TU ME PARLES DE ÇA ?!
TU CHERCHES À DIRIGER MA VIE OU QUOI ?!

NE TE VEXE PAS
ÇA N'A PAS D'IMPORTANCE
MOI ...
N'IMPORTE QUELLE KOTOBUKI ME PLAÎT
AH !
SEULEMENT, JE NE TE PARDONNERAI JAMAIS SI TU ME QUITTES
BAH !
ATTENDS !
NON
c'est non et non !
J'AI SOMMEIL, J'AI TRÈS MAL À LA TÊTE ET J'AI LA MIGRAINE !
GLOUPS
ha ha ha
avoir mal à la tête et la migraine, c'est la même chose ...
LORSQU'UN SIMPLE BAISER NE TE PERTURBERA PLUS ...
... ON DORMIRA ENSEMBLE, D'ACCORD ?

PLUTÔT MOURIR ! CRÉTIN !
BONNE NUIT !
pof
... BAH !
ZUT ALORS !
CELA FAIT UN MOIS QU'ON VOYAGE ENSEMBLE
JE SAIS BIEN QU'IL N'A PAS BESOIN DE MOI
IL EST INTEL-LIGENT, HABILE, IL SAIT TOUT FAIRE
ET MOI ?
JE NE VEUX PLUS ÊTRE UNE VOLEUSE ...
CAR CET ARGENT QUE JE VOLERAIS AUX GENS ...
ME METTRAIT BIEN TROP MAL À L'AISE VIS-À-VIS DE RAÏMON
MAIS SI JE CONTINUE COMME ÇA, JE VAIS ÊTRE TROP DÉPENDANTE DE LUI ...
ET ÇA, JE NE LE VEUX SURTOUT PAS !
GRRR
C'EST POUR CELA QUE JE CHERCHE UN TRAVAIL ...
MAIS EST-CE QUE JE SUIS AU MOINS CAPABLE DE FAIRE QUELQUE CHOSE ?
spok

-4-

Mais s'il y en avait bien une qui me rendait complètement folle quand j'étais enfant... C'était Creamy ! Je ne sais combien de fois j'ai demandé à maman qu'elle m'achète son fameux bâton ! (et je l'ai encore, vous savez !) Mon seul regret, c'est de ne jamais avoir eu son espèce de boîte qui ressemblait à une trousse de maquillage. Je la voulais vraiment mais comme cela n'avait pu se faire, je me l'étais fabriquée avec du papier cartonné (rires) ! Je ne sais pas pourquoi j'adorais ce dessin animé, mais j'en étais folle. C'est Mme Takada qui avait fait le design des personnages, et j'ai inconsciemment subi son influence. Quand on regarde mes dessins aujourd'hui, ça ne se voit plus vraiment... Mais à l'époque, c'était flagrant ! Madame Takada, je vous prie de m'excuser... En tout cas, au Japon, à l'automne prochain, on aura beaucoup de nouveaux dessins animés ! Je les attends déjà avec impatience ! (nous sommes au mois de septembre) Je crois que je vais acheter un lecteur de LD... (rires)

DISCUSSION SECRÈTE AVEC MON AMIE N.

S'IL Y AVAIT DU TRAVAIL, JE LE PRENDRAIS POUR MOI !
DÉSOLÉ, NOUS N'AVONS RIEN ...
ALLEZ DONC VOIR AILLEURS
geuh
beuh
J'AI VRAIMENT PAS DE CHANCE ...
BON, ALLONS RETROUVER RAÏMON ...
snif
JE SUPPOSE QU'IL JOUE ENCORE AU MAH-JONG
TIENS ?
QU'EST-CE QUE TU FAIS ICI ?
tu as fait tomber quelque chose ?
JE CULTIVE CETTE TERRE CHAQUE ANNÉE ...
MAIS IL N'Y A JAMAIS RIEN QUI POUSSE
PEUT-ÊTRE QUE JE DEVRAIS INVOQUER LES "AILES" ?
O.K. !!
OUAIS !
YOUPI !

ALORS, COMMENT TROUVES-TU CETTE TERRE MAINTENANT ?
SUPER !
SUPERBE !
OUAIS !
CLATCH
CLATCH
...
HA !
KOTOBUKI ...
TU N'ÉTAIS PAS EN TRAIN DE CHERCHER DU TRAVAIL ?
...
euuuuuuuh
ÇA A DÛ ÊTRE DIFFICILE DE RETOURNER TOUT CE TERRAIN
OUI, MAIS ...
merci beaucoup !
JE SUIS SÛRE QU'EN CREUSANT PROFONDÉMENT, ON TROUVERA DE LA TERRE FERTILE
mais ça deman-de beau-coup de temps ...
... JE VOIS
TU AS FAIM PEUT-ÊTRE ?
MM...
...

SHÔKA ?!
KOTOBUKI ...
RAÏMON !
POURQUOI ?
MAIS POURQUOI JE CROISE ENCORE LA ROUTE DE CE SALE TYPE ?!
OUIIINNN !
ELLE NE L'AIME VRAIMENT PAS ...
TU ES TOUJOURS À LA RECHERCHE DES "AILES" ? ET OÙ COMPTES-TU TROUVER DES INDICES CETTE FOIS ?
tais-toi ! sale démon !
ÇA, JE NE LE DIRAIS À PERSONNE ! ET ENCORE MOINS À TOI !
Pour ceux qui ne connaissent pas encore Shôka
C'est une voleuse qui fabrique elle-même ses grenades ; elle recherche les "Ailes" ; elle court très lentement et elle ne sait pas viser quand elle lance un objet .
Elle a eu des ennuis avec Raïmon quand il était encore militaire.
Elle recherche également à rencontrer un jeune homme riche et gentil.
CHEF, QUAND EST-CE QU'ON PART CHEZ SARABINA POUR TROUVER DES INFOS SUR LES "AILES" ?
chef !
ah, vous n'étiez pas seule ...
TU NE POURRAS PAS DIRE QUE C'EST DE MA FAUTE
...
arrêtez de racon-ter ma vie !
ouah !

DONC ...
IL S'APPELLE DUMAS CURIE, IL EST ISSU D'UNE FAMILLE FORTUNÉE
IL A FONDÉ LE GROUPE SARABINA IL Y A SIX MOIS, SES ADEPTES NE DÉPASSENT PAS LA TRENTAINE DE PERSONNES
CES TOURS QUI LES SYMBOLISENT, CE SONT DES ÉOLIENNES, NON ?
OUI, C'EST EXACT
C'EST QUOI ?
LES ÉOLIENNES SERVENT À PRODUIRE DE L'ÉLECTRICITÉ GRÂCE À LA FORCE DU VENT
QUOI ?
MAIS C'EST SUPER !
et pourquoi avec du vent ?
LA PRODUCTION PRIVÉE D'ÉLECTRICITÉ N'EST PAS ILLÉGALE, ALORS POURQUOI ILS NE DISENT PAS OUVERTEMENT QUE CE SONT DES ÉOLIENNES ?
SHÔKA, RASSURE-MOI, CE N'EST PAS JUSTE PARCE QU'ILS VOUENT UN CULTE AUX "AILES" QUE TU LES AS CHOISIS POUR CIBLE ?
j'espère que tu n'es pas aussi idiote que ça
TU ES VRAIMENT CONDESCEN-DANT ! ENFIN, CE N'EST PAS NOUVEAU ...
EN FAIT, L'ÉLECTRICITÉ PRODUITE S'ENFONCE SOUS LA TERRE
ON PEUT LE VOIR SUR CE THERMO-GRAPHE. IL Y A CERTAI-NEMENT QUELQUE CHOSE EN SOUS-SOL ...

alors
ELLE TROUVAIT CES TOURS BIZARRES, ALORS ON LES A ÉTUDIÉES ET ...
CATCH
MAIS TU VAS ARRÊTER DE LEURS DÉVOILER TOUS NOS PLANS, OUI ?!
zut alors !
VOUS SAVEZ TOUT MAINTENANT ! DISPARAISSEZ !
PARTEZ ! ET ARRÊTEZ DE ME DÉRANGER !
ON TE DÉRANGE ?
MOI, JE ME CONTENTE DE PIÉTINER CE QUI SE TROUVE SUR MON CHEMIN
ça fait mal...
ALLEZ, SALUT !
CRÈVE ...
Bienvenue
Lunch & Dinner
DIS ...
Cocktail du jour : liqueur de petits pois
menu
interdit de partir sans payer
TU PENSES QU'ILS EN FONT QUOI, DE CETTE ÉLECTRICITÉ CHEZ SARABINA ?
AUCUNE IDÉE, MAIS DE TOUTE FAÇON JE NE VEUX PAS ÊTRE IMPLIQUÉ ...

... DANS CES HISTOIRES
QUOI ?!
NOUS NOUS RENCON-TRONS À NOUVEAU
AH ...
pourquoi dans un restaurant ?
JE SUIS JALOUX DE VOTRE INTIMITÉ À TOUS LES DEUX
VOUS ÊTES UNE SI BELLE FEMME ...
!!
ESPÈCE DE SATYRE !
BAAAAF
MAÎTRE DUMAS !

IL N'Y A QU'UNE SEULE PERSONNE ...
LA SEULE PERSONNE QUI PUISSE ME FAIRE ÇA ...
C'EST RAÏMON !
BAN
OH LÀ ?! MAIS QU'EST-CE QUE J'ALLAIS DIRE ?!
BAN
BAN
DRAGUER LES FILLES FAIT PARTIE DE LA PHILOSOPHIE DE SARABINA ?
NOUS VOULONS JUSTE SAUVER LA TERRE GRÂCE À LA FORCE DES SAINTES "AILES"
VOUS PRÉTENDEZ VOULOIR SAUVER LA TERRE ALORS QUE C'EST NOUS, HUMAINS, QUI L'AVONS DÉTRUITE ?
pourquoi pas, mais ...
IL SEMBLERAIT QU'À L'ÉPOQUE OÙ LA CIVILISATION ÉTAIT BEAUCOUP PLUS PROSPÈRE QU'AUJOURD'HUI, TOUTES SORTES DE CALAMITÉS S'ABATTAIENT SUR LES HOMMES
MALGRÉ CELA, LA TERRE N'A PAS ÉTÉ TOTALEMENT DÉTRUITE. CELA SIGNIFIE QU'ELLE VIT SELON SON PROPRE RYTHME
SI LA TERRE VEUT MOURIR, ELLE MOURRA DE TOUTE FAÇON ! LES HOMMES NE POURRONT RIEN FAIRE CONTRE CELA
VOUS ÊTES ...
TRÈS ÉGOÏSTE

ÇA VOUS SURPREND ?
VOUS CROYIEZ QUE J'ÉTAIS QUELQU'UN DE BIENVEILLANT ?
ne dis pas ça d'un air si fier ...
EN TOUT CAS ...
JE N'AI PAS DE LEÇON À RECEVOIR DE QUELQU'UN QUI CACHE QUELQUE CHOSE DANS UN SOUS-SOL !
... JE VOIS
VOUS ÊTES BIEN PERSPICACES ...
RAÏMON SHIRAGI !
TAH
?!
ILS SONT ARRIVÉS QUAND ?!
J'AI ÉTÉ VRAIMENT SURPRIS ...
DE VOIR RAÏMON SHIRAGI PERDU EN PLEINE CAMPAGNE ...
LUI QUI AURAIT CONNU UNE EXCELLENTE CARRIÈRE S'IL ÉTAIT RESTÉ DANS L'ARMÉE

?!
de quelle carrière il parle ?
?!
JE VOUS TROUVE BIEN INFORMÉS. JE SUPPOSE ALORS QUE VOUS DISSIMULEZ QUELQUES ORDINATEURS DANS VOS SOUS-SOLS
ET QUE CES DERNIERS VOUS SERVENT À PÉNÉTRER DANS LE SERVEUR CENTRAL DE L'ARMÉE, LE FAMEUX "F"
EXACTEMENT ! ET J'AURAIS JUSTEMENT BESOIN QUE VOUS EFFECTUIEZ QUELQUES PETITES OPÉRATIONS ...
JE REGRETTE, MAIS CELA NE SERA PAS POSSIBLE. JE DÉSIRE SIMPLEMENT MENER UNE VIE TRANQUILLE
JE CRAINS QUE VOUS NE VOUS FASSIEZ DES ILLUSIONS. VOTRE NOTORIÉTÉ DÉPASSE VOTRE VENUE ET TOUT LE MONDE SAIT À QUEL POINT VOUS ÉTIEZ INFORMÉ DES GRANDS SECRETS DE L'ARMÉE
ÉTANT DONNÉ QUE VOUS AVEZ QUITTÉ LE CORPS, IL EST PEU PROBABLE QUE VOUS PUISSIEZ TROUVER LA TRANQUILLITÉ
POUR MA PART, J'AI VRAIMENT BESOIN DE VOUS
bah !
EH, VOUS ! ATTENDEZ !
CATCH
AH !
ZUT !

ACCEPTERIEZ-VOUS DE NOUS SUIVRE ?
JE SUIS TROP NULLE !
N'ÉCOUTE PAS CE QU'IL DIT !!
j'aurais dû surveiller mes arrières...
... JE CROIS QUE JE N'AI PAS TROP LE CHOIX
?!
MAIS POURQUOI ...
eh, toi !!
ARRÊTE DE FAIRE TON HÉROS !
SUIS-JE AUSSI INUTILE ?
NE FAITES SURTOUT PAS DE MAL À KOTOBUKI !
IL N'Y AURA PAS DE PROBLÈME SI VOUS ACCOMPLISSEZ VOTRE MISSION
À TOUT À L'HEURE, KOTOBUKI !
RAÏMON !
TU M'ÉNERVES !!
espèce d'idiot !

BIEN
RESTEZ TRANQUILLE MAINTENANT
JE VOUS EMMÈNE JUSQU'À VOTRE NOUVELLE DEMEURE
lieu de l'action
centrale électrique
tours de sarabina
BOM
GRR !
C'EST UN PEU EXIGU ...
MAIS ESSAYEZ DE VOUS DÉTENDRE
CLANG
TOI ...
KOTOBUKI ?

SHÔKA !!
et tous ses hommes !
QU'EST-CE QUE VOUS FAITES ICI ?
quelle misère !
HA HA HA !
EXCELLENT !
HI HI HI !
hoho
À TON AVIS ?! ET RAÏMON, IL EST OÙ ?
vous vous connaissez ?
elles se ressemblent
IL S'EST FAIT ARRÊTER PAR CE MEC AUSSI !
C'EST VRAIMENT PAS LE MOMENT DE RIRE !
c'est trop drôle !
CALMEZ-VOUS ...
DE TOUTE FAÇON, VOUS NE POUVEZ PAS FAIRE GRAND-CHOSE ...
VOUS N'ÊTES QU'UNE VULGAIRE POUPÉE DONT LA SEULE QUALITÉ EST D'ÊTRE MIGNONNE
TRÈS HONNÊTEMENT ...
RAÏMON EST TROP BIEN POUR VOUS
ÇA ...

TACLANG
JE NE LE SAIS QUE TROP BIEN, ALORS ÇA SERT À RIEN DE ME LE DIRE !
ESPÈCE DE GROS CRÉTIN !
TANT DE VULGARITÉ ...
cela choque mes chastes oreilles ...
clac
ET MERDE !
CLANG
CLANG
CLANG
CLANG
ÇA NE SERT À RIEN DE S'ACHARNER AINSI ...
on ne pourra jamais l'ouvrir de l'intérieur
UNE LUCARNE ?!
ATTENDS DONC QUE RAÏMON INTERVIENNE. JE SUIS SÛRE QU'IL NE VA PAS RESTER À RIEN FAIRE
écoute
TU OUBLIES QUE J'AI UNE RÉPUTATION DE PETIT SINGE !
et puis il n'a pas besoin d'aide ...
JE NE LUI LAISSERAI JAMAIS RAÏMON !
non !!
SHRAK
MÊME PAS UNE SEULE MINUTE !
SHROK
C'EST HORS DE QUESTION !
ooooh !
mais ...

VOUS ALLEZ VOIR CE DONT JE SUIS CAPABLE !
JE VEUX QUE TOUT LE MONDE RECONNAISSE MA VALEUR ...
ET PUIS SURTOUT, JE VEUX RESTER AUPRÈS DE LUI ...
SH
ÇA NE SERT À RIEN DE S'ACHARNER AINSI ...
JE NE VEUX PAS ÊTRE TOUJOURS DÉPENDANTE DE LUI ...
ET JE NE VEUX PAS ÊTRE INUTILE
QU'IL N'Y AIT QUE MOI QUI PUISSE ÊTRE AVEC RAÏMON !
AH !
ATTENTION !
C'EST POUR ÇA
C'EST POUR ÇA QUE MOI ...

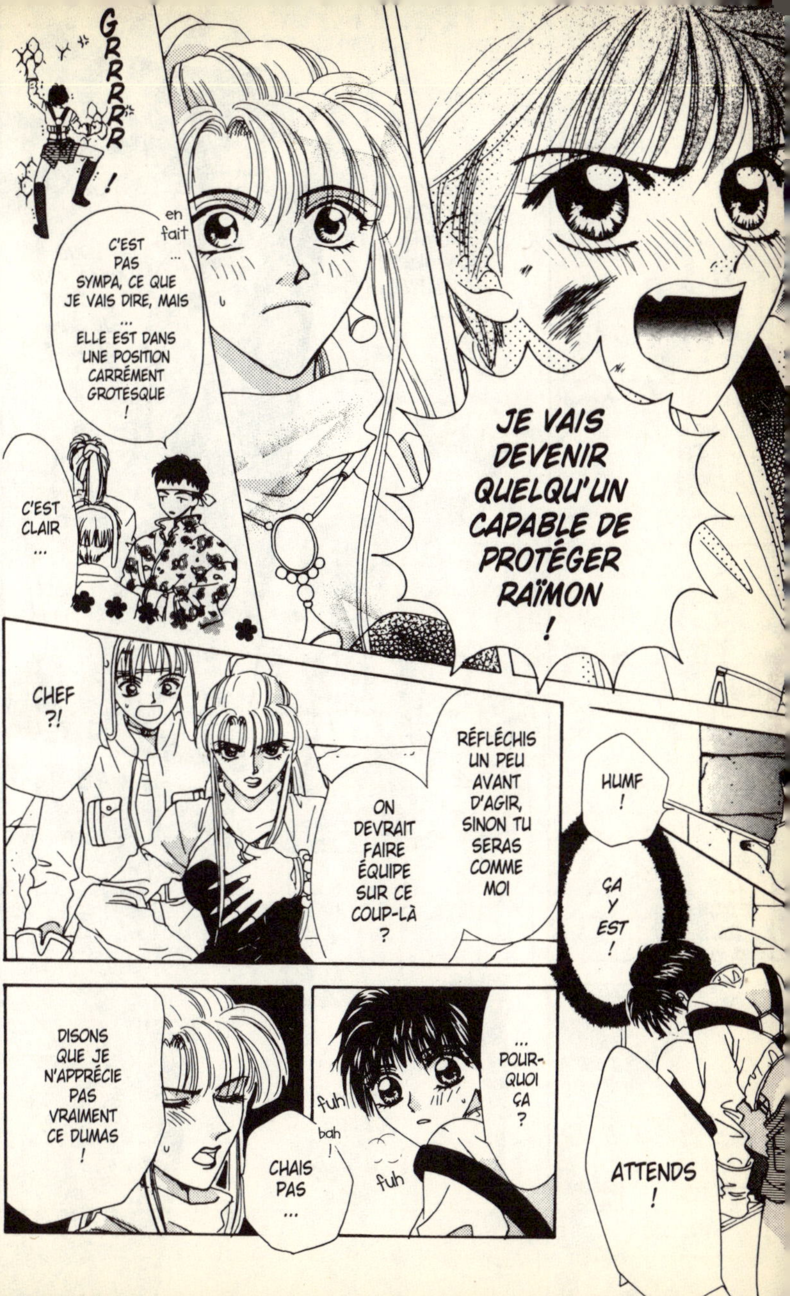
JE VAIS DEVENIR QUELQU'UN CAPABLE DE PROTÉGER RAÏMON !
en fait ...
C'EST PAS SYMPA, CE QUE JE VAIS DIRE, MAIS ... ELLE EST DANS UNE POSITION CARRÉMENT GROTESQUE !
C'EST CLAIR ...
GRRRRR !
HUMF !
ÇA Y EST !
RÉFLÉCHIS UN PEU AVANT D'AGIR, SINON TU SERAS COMME MOI
ON DEVRAIT FAIRE ÉQUIPE SUR CE COUP-LÀ ?
CHEF ?!
ATTENDS !
... POURQUOI ÇA ?
fuh
bah !
fuh
CHAIS PAS ...
DISONS QUE JE N'APPRÉCIE PAS VRAIMENT CE DUMAS !

IL PARAÎT QUE DANS LES SOUS-SOLS DE SARABINA, IL Y A DES ORDINATEURS
JE PENSE QUE RAÏMON EST LÀ-BAS ...
hum
C'EST POUR CELA QU'ILS ONT TANT BESOIN D'ÉLECTRICITÉ ...
...
HUUUM ...
VOICI L'INTÉRIEUR DES LOCAUX DE SARABINA
Shôkaaa !
ARRÊTEZ AVEC VOTRE ONGLE METALLIQUE !
OUAAAI...
IL N'Y A QU'UNE SEULE ENTRÉE QUI MÈNE AUX SOUS-SOLS. ON VA POUVOIR S'Y RENDRE ASSEZ FACILEMENT
rez-de-chaussée
entrée des sous-sols
sous-sol
Raïmon, meurs, imbécile !!
TOUT À L'HEURE, ON SE TROUVAIT DEVANT CETTE PORTE ...
MAIS ELLE EST COMMANDÉE PAR UN ORDINATEUR
elle ne fait plus de bruits avec son ongle parce qu'elle n'a rien à montrer
C'EST POUR CELA QUE POUR RENTRER, NOUS DEVONS UTILISER LES ÉOLIENNES ...
ENFIN LES DÉTRUIRE, QUOI !
pourquoi les yeux de Shôka ...
brillent aussi intensément ?
D'ACCORD...

POUR INFORMATION, VOICI LES POSITIONS RESPECTIVES DES TOURS DE SARABINA, DES ÉOLIENNES ET DE L'ENDROIT OÙ NOUS NOUS TROUVONS
tours de sarabina
centrale électrique
nous sommes ici
NOUS ALLONS METTRE EN PLACE DIFFÉRENTES CHARGES D'EXPLOSIFS SUR LA CENTRALE ÉLECTRIQUE
TOI, KOTOBUKI, TU TE RENDRAS JUSQU'À LA PORTE EN PASSANT PAR LE CHEMIN QUE JE T'AI INDIQUÉ. TROIS MINUTES APRÈS, L'EXPLOSION PROVOQUERA UNE COUPURE D'ÉLECTRICITÉ ET TU POURRAS PÉNÉTRER À L'INTÉRIEUR ... VOUS M'ÉCOUTEZ OU QUOI ?
OUI, OUI, ON ECOUTE !
MALGRÉ LA COUPURE D'ÉLECTRICITÉ, IL EST FORT PROBABLE QU'ILS AIENT UN ONDULEUR DE SECOURS ...
attention !
ALORS FAIT TOUT DE MÊME ATTENTION
C'EST QUOI UN ONDULEUR ?
chef !
C'EST BON, J'AI ABATTU LE GARDE
J'AI AUSSI TROUVÉ LES ARMES QU'ILS NOUS AVAIENT PRISES
tu ne sais même pas ça ?! mais depuis quand es-tu voleuse ?
C'EST UN ÉNORME ACCUMULATEUR QUI VA RÉTABLIR L'ÉLECTRICITÉ ! ALORS LA PORTE VA TRÈS VITE SE REFERMER !
AUTREMENT DIT, TU VAS DEVOIR RENTRER TRÈS VITE QUAND L'ÉLECTRICITÉ SERA COUPÉE, D'ACCORD ?
OUI OUI, J'AI BIEN COMPRIS ! MAIS ARRÊTE CES CRISSEMENTS INSUPPORTABLES !
EN ROUTE POUR LA CENTRALE !
moi, Natsuki Takaya, je n'entends rien

RAÏMON, J'ARRIVE !
JE SUIS TOUTE ENGOURDIE
quels ongles maudits !
MÉFIE-TOI, IMBÉCILE DE DUMAS !
BZ
DÉSOLÉ DE VOUS AVOIR FAIT ATTENDRE ...
RAÏMON
...
VOUS AVEZ DE TRÈS BEAUX ORDINATEURS
MERCI !
POUR FAIRE FACE À "F", NOUS AVONS BESOIN DE CE GENRE D'ÉQUIPEMENT
C'EST GRÂCE À EUX QUE J'AI RÉUSSI À OBTENIR DES INFORMATIONS SUR VOUS ET SUR L'ARMÉE

MAIS CERTAINES DONNÉES SONT VERROUILLÉES PAR UN SYSTÈME DE PROTECTION ULTRA-PUISSANT
C'EST UNE CARAPACE INVIOLABLE, QUI N'EST PAS AU MÊME NIVEAU QUE LES AUTRES SYSTÈMES ANTI-INTRUSION
IL DOIT S'AGIR DE DONNÉES TOP SECRÈTES
VOUS SUPPOSEZ DONC QUE LES "AILES" Y SONT CACHÉES ...
LES "AILES" NE SONT PAS QU'UNE SIMPLE LÉGENDE !
JE SUIS SÛR QUE L'ARMÉE POSSÈDE DE NOMBREUSES INFORMATIONS À LEUR SUJET !
JE NE SUIS AU COURANT DE RIEN
J'AI DU MAL À VOUS CROIRE. EN TOUT CAS, SI VOUS RÉUSSISSEZ À PASSER OUTRE CE SYSTÈME DE PROTECTION ...
NOUS LIBÉRERONS LA FILLE
POURQUOI VOUS LES CACHEZ ? IL N'Y A QUE LES "AILES" QUI PUISSENT SAUVER NOTRE TERRE !
... JE NE VOUS COMPRENDS PAS
SI VOUS TENEZ TANT QUE ÇA À SAUVER CETTE TERRE, POURQUOI N'ESSAYEZ-VOUS PAS DE CULTIVER CES TERRAINS ?

CONTRAIREMENT À MOI, ELLE N'A RIEN À CACHER, ALORS ELLE AGIT TOUJOURS NATURELLEMENT
LES EFFORTS QU'ELLE FAIT SONT TOUJOURS EMPREINTS DE SINCÉRITÉ
SI KOTOBUKI PENSAIT LA MÊME CHOSE QUE VOUS ...
ELLE SÈMERAIT CERTAINEMENT DES GRAINES
TOUT NAÏVEMENT, COMME UNE IDIOTE
... SI VOUS VOULEZ LA REVOIR SAINE ET SAUVE, FAITES VITE !
BZ
JE VOUS AI DIT DE NE PAS LUI FAIRE DE MAL !
bip
bip
bip
... POUR ÇA
IL FAUT UTILISER COMME MOT DE PASSE LE CHANT POPULAIRE "L'ÎLE DE LA CALEBASSE"
bip
bip
DE QUOI TU PARLES ?
l'île de la calebasse ?
TU NE CONNAIS PAS ÇA ? CES ÎLES EXISTAIENT AUPARAVANT SOUS LE NOM DE JAPON
bah !
COMMENT VEUX-TU QUE JE SACHE ÇA ?!

JE PLAISANTE !
SOYEZ UN PEU SÉRIEUX !
UNE FOIS QUE NOUS AURONS PASSÉ LA BARRIÈRE DE SÉCURITÉ, VOUS RISQUEZ D'ÊTRE DÉÇUS ...
NOUS EN REPARLERONS QUAND VOUS AUREZ VIOLÉ CE SYSTÈME DE PROTECTION
bip
bip
bip
bip
C'EST UN JEU D'ENFANT, CAR CELUI QUI L'A CRÉÉE ...
... C'EST MOI
JE L'AI FABRIQUÉ QUAND J'AVAIS DIX-SEPT ANS DANS LE CADRE D'UN PROJET DE RECHERCHES ...
QUOI ?!
DES RE-CHER-CHES ?
À DIX-SEPT ANS ?
EN EFFET ...

PAS D'ANOMALIE ?
NON ...
CLING
?!
C'EST QUOI ?!
LASH
!!
*GRENADES ÉTOURDISSANTES DONT L'EFFET DURE CINQ MINUTES.
TU LES AS TUÉS ?
NE DIT PAS DE BÊTISES ! J'AI UTILISÉ DES CONCASSEURS*
PSHIIII...
AMENEZ-LES DEHORS !
J'AI MIS DES BALLES À BLANC
QUAND TU T'EN SERS, METS BIEN SUR LA POSITION FEU
cr cr cr
KOTOBUKI, TU AS TROIS MINUTES POUR ARRIVER À LA PORTE, D'ACCORD ?
TU DEVRAS PÉNÉTRER DANS LES SOUS-SOLS AU MOMENT DE LA COUPURE !
OUI !
SI JE TROUVE QUELQUE CHOSE SUR LES "AILES", JE TE L'APPORTERAI !
ÉVIDEMMENT ! ALLEZ, DÉPÊCHE-TOI !

CHEF, C'EST ÉTRANGE QUE VOUS L'AIDIEZ ...
tu es malade ?
JE ME SURPRENDS MOI-MÊME, ELLE EST SI SIMPLE D'ESPRIT ...
MAIS FINALEMENT, JE NE LA DÉTESTE PAS DU TOUT ...
TCHAC
SLA
INFILTRATION DANS LA TOUR PRINCIPALE RÉUSSIE !
CONTINUER TOUT DROIT
IL Y A BEAUCOUP DE GARDES ...
IL ME RESTE UNE MINUTE
bla
SAU-VÉE ...
ENSUITE, JE DOIS TOURNER À DROITE
ET ...
"MOI JE ME CONTENTE DE PIÉTINER CE QUI SE TROUVE SUR MON CHEMIN"

MOI AUSSI, JE VAIS LES PIÉTINER !
DASH
bip
bip
bip
bip
bip
BAH ?!
TUUU
ÇA NE MARCHE PAS ?
bip
bip
bip
POUR TOUT VOUS DIRE, DÈS LE DÉBUT J'AVAIS FAIT EN SORTE QU'ON NE PUISSE PAS Y ACCÉDER DE L'EXTÉRIEUR
BIIIP
HEIN ?
BIIIP
MÊME SI ON RENTRE LES BONS MOTS DE PASSE, LE SYSTÈME DE SÉCURITÉ SE TRANSFORME EN VIRUS ...
... VIRUS QUI VA SE MANIFESTER DANS MOINS DE TRENTE SECONDES
ET ENVERRA L'INFORMATION À "F"
PUIS IL DÉTERMINERA LA LOCALISATION DE CES LIEUX ...
ET VA FINIR PAR DÉTRUIRE DÉTRUIRE COMPLÈTEMENT VOTRE SYSTÈME !

JE VOUS AVAIS BIEN DIT ...
QUE VOUS ALLIEZ ÊTRE DÉÇUS !
C'EST POUR ÇA QUE VOUS M'AVEZ OBÉI DOCILEMENT ...
VOUS SAVIEZ QUE ÇA ALLAIT SE PASSER COMME ÇA
C'EST BIEN FAIT POUR VOUS ...
IL NE FALLAIT PAS EMBRASSER KOTOBUKI
!
PAF
QU'EST-CE QUE VOUS FAITES ICI ?
VOUS VOULEZ NUIRE À MAÎTRE DUMAS ?
L'ENTRÉE EST JUSTE ICI ...
DERRIÈRE CETTE PORTE, IL Y A RAÏMON

L'ÉLECTRI-CITÉ VA ÊTRE COUPÉE ...
COMPTE À REBOURS ENCLENCHÉ ...
6
5
4
3
CLIC
TU VEUX MOURIR ?
GLOUPS
2
clic
BOOM
?!
ZAH
CRIC CRIC CRIC
bip
MISE EN PLACE DU SYSTÈME DE SECOURS
...

C'EST FINI !
FLASH
VOUS NE RATEZ JAMAIS UNE OCCASION ...
AVEC LA COUPURE D'ÉLECTRICITÉ, LE VIRUS A DÛ ÊTRE DÉTRUIT ...
C'EST TANT PIS POUR VOUS, LE DESTIN EST DE MON CÔTÉ
PEU M'IMPORTE ...
TANT QUE KOTOBUKI EST AVEC MOI !
SAH

MAIS ...
DONF
NON !
QU'AS-TU FAIT À CES PAUVRES TYPES ?
...
...
ILS SE SONT PRIS UN COUP DE FUSIL D'IMPACT DANS LE VENTRE, MAIS CELUI-LÀ A RÉUSSI À SAUTER POUR OUVRIR LA PORTE AVANT DE PERDRE CONNAISSANCE
KOTOBUKI, TU ES BLESSÉE ...
NE ME TOUCHE PAS !
JE SUIS EN COLÈRE !
TU AURAIS PU TE DÉBROUILLER TOUT SEUL POUR TE SAUVER
ET PUIS ...
LA PROCHAINE FOIS, PENSE UN PEU À CELLE QUE TU LAISSES DERRIÈRE TOI
C'EST TOI QUI AS DIT QUE TU NE ME PARDONNERAIS PAS SI JE TE QUITTAIS ...

TU AS SUPPORTÉ DES BLESSURES ...
RAÏMON ...
UNE FOIS EN SÉCURITÉ, J'EMBRASSERAI TOUTES TES PLAIES
SI TU FAIS ÇA, JE TE TUE ...
RAÏMON !
C'EST TOI QUI L'AS BLESSÉE, HEIN ?
BAH ...
SPOF
SPOUF
SPOF
QUOI ?!
LE VIRUS N'A PAS ÉTÉ DÉTRUIT ?!
?
C'EST NORMAL
UNE VULGAIRE COUPURE DE COURANT EST SANS EFFET SUR LUI
LE VIRUS, IL ARRIVE ...
C'EST LA FIN ...
BZIRK

YOUPI !
JE SUIS L'ADORABLE ANGE VIRUS QUI PROTÈGE LES DONNÉES ATTAQUÉES PAR LES VILAINS GARÇONS !
CHOC
PADAM
EH, TOI LÀ ! ÇA NE SE FAIT PAS DE VIOLER ...
intimité des autres
MAIS POURQUOI ELLE ME RES-SEMBLE, HEIN ?!
et c'est quoi ça, "l'intimité des autres" ?!
JE L'AI CRÉÉE À L'ÉPOQUE DE NOTRE PREMIÈRE RENCONTRE. JE T'AVAIS TROUVÉE SI MIGNONNE ...
tu trouves pas ça mignon ?
L'ARMÉE VA CONNAÎTRE NOTRE POSITION ...
ÇA ME RAPPELLE TROP DE MAUVAIS SOUVENIRS, JE NE VEUX PAS QU'ILS ME LOCALISENT !
TU CROIS VRAIMENT QUE C'EST UNE BONNE EXCUSE ?!
mouha ha ha !
VILAIN GARÇON ! IL FAUT QUE JE TE PUNISSE !
TU ES PRÊT ?
mais elle est folle à lier ?!

AAAAA
ON N'A QU'À TOUT DÉTRUIRE
TA
TACA
TACA
mais
TOUT EST DÉJÀ HORS D'ÉTAT DE FONCTIONNER, ALORS SI VOUS DÉTRUISEZ TOUT, ÇA RISQUE D'EXPLOSER ET LES TOURS VONT ...
AH OUI ?
TA
TACA
BEN, ÇA ME PLAÎT
MAIS ON EST ENCORE À L'INTÉRIEUR !
crrr
TACA
crrr
LES TOURS DE SARABINA ONT EXPLOSÉ ...
quelle belle explosion !
C'EST RAÏMON !
?!
SBOOM
MAIS IL A TOUT DÉTRUIT ?!

TU VOIS, NOUS SOMMES TOUS SAINS ET SAUFS
Et pourquoi je dois sauver d'autres personnes que Kotobuki ?
TU N'AS VRAIMENT AUCUNE LIMITE !
RAÏ-MOO-ON !
SHÔKA
TAP TAP TAP TAP TAP
EH TOI !!
POURQUOI TU AS DÉTRUIT LES TOURS ?!
ET LES INDICES SUR LES "AILES" ?!
PARCE QUE DUMAS A AGRESSÉ KOTOBUKI
c'est le retour de bâton ...
SPLOTC
HOUPS !
mais ...
C'EST QUOI, CE BRUIT ?
GLOU GLOU GLOU GLOU
C'EST AU DESSOUS DE NOUS ...
GLOU
DIS ...
RAÏMON, TU SAIS CE QUE C'EST ?
GLOU
POURQUOI JE LE SAURAIS ?
GLOU
GLOU
AH !
GLOU
OH !

SPLORTCH
QUOI ?
C'EST QUOI ?
C'EST CHAUD ...
C'EST UNE SOURCE D'EAU CHAUDE ...
UNE SOURCE D'EAU CHAUDE ?
SPLASH
AH !
À CAUSE DE L'EXPLOSION, UN GEYSER S'EST FORMÉ À PARTIR D'UNE NAPPE PHRÉATIQUE
ha
il est revenu à lui
ALORS ...
LA TERRE EST TOUJOURS CHAUDE ?
OUI, C'EST BIEN ÇA
SI ELLE EST ENCORE CHAUDE, ELLE EST TOUJOURS VIVANTE !
OUI
EH, T'AS ENTENDU, SALE TYPE ?

les chaussures de Raïmon sont très dures

...
MAIS APRÈS TOUT, TOUTES LES PREUVES ONT DISPARU ...
je ne l'ai pas fait exprès
...
pfuh ...
J'AI ÉTÉ ...
SI ÉGOÏSTE !
TOUT COMME LA TERRE ...
eh oui
JE SUIS DÉSOLÉE ...
DE N'AVOIR RIEN RÉUSSI À APPRENDRE SUR LES "AILES"

CE N'EST RIEN. DÈS QUE J'AI SU QUE CE DÉMON DE RAÏMON ÉTAIT IMPLIQUÉ DANS CETTE HISTOIRE, J'AI RENONCÉ
ALORS, BON COURAGE POUR TOUT !
DISONS QUE ...
VOUS ALLEZ ...
... TRÈS BIEN ENSEMBLE !
CHEF ! RAÏMON ARRIVE !
GLOUPS
JE NE VEUX PAS LE VOIR !
on y va !
OÙ EST SHÔKA ?
ELLE A FUI ... EUH, ELLE EST PARTIE
DASH
eh, attendez moi !!
vous êtes trop lente, chef !
CETTE PERSONNE SE PROPOSE DE NOUS EMMENER AU VILLAGE VOISIN
en fait, je m'en fous ...
ah ...
OUI ! AVEC PLAISIR !
QUOI ?
cool !
IL L'A MENACÉ ...
cata
clop
QUOI ?
NON RIEN ...
clop

JE VAIS TROUVER DU TRAVAIL DANS LE PROCHAIN VILLAGE !
c'est certain !
AU FAIT ...
DIS-MOI OÙ TU ES BLESSÉE
hein ?
POURQUOI ?
alors là !
!!
ON COMMENCE PAR LE VISAGE ...
LES MAINS, OU BIEN LES JAMBES ?
cata
NOOOON !
clop
ON SE L'ÉTAIT PROMIS, NON ?
cata
un peu de calme ...
clop
JE N'AI JAMAIS DIT OUI !!
DUMAS QUELQUES JOURS APRÈS
PAS CHER
STATION THERMALE SARABINA
SERVICE MASSAGE
BIENVENUE !
serviettes et brosses à dents
œufs cuits
station sarabina
JE PARS CULTIVER LE CHAMP

Ceux qui ont
des ailes

LA MARCHE D'ADÉLITE

Dans ce troisième chapitre, s'il y a un personnage qui a attiré mon amour... ou plutôt, mon attention, c'est elle. Et pourquoi elle ? Parce que, ce n'est pas compliqué, je n'ai pas pu la faire apparaître avant. Je veux dire que j'aurais voulu qu'elle fasse son entrée dès le premier chapitre. Dans mon idée initiale, elle avait un grand frère et une secrétaire. Mais au fur et à mesure que les personnages se précisaient, ces derniers ont disparu... (rires) Quand je me suis dit : "Enfin ! Le moment est arrivé de la présenter !", je n'ai pas eu suffisamment de temps... Alors je me suis sentie un peu triste (rires)

Il y a un personnage que je n'ai pas pu dessiner dans ce troisième chapitre, c'est Shôka. c'est bizarre, car ce personnage est censé être récurrent... Finalement, elle n'apparaît pas à cause de la limitation du nombre de pages. Créer une série est une affaire très terre à terre, vous savez...

et voilà Shôka en costume de domestique

VOILÀ LA DEMEURE DES WILSON ...
ILS SONT À LA RECHERCHE DE NOUVEAUX DOMESTIQUES
ET DONC, JE NE VAIS PAS ÊTRE MISE À LA PORTE SANS AVOIR EU DROIT À UN ENTRETIEN !
TAF
ALLONS-Y !
ME VOILÀÀÀ !
CALME-TOI, TU N'ES PAS LÀ POUR TE BATTRE CONTRE EUX ...
JE NE PEUX PAS ME CALMER ! CETTE OPPORTUNITÉ, JE L'ATTENDS DEPUIS TROP LONGTEMPS !
ET PUIS JE DOIS ME DÉPÊCHER, SINON QUELQU'UN VA PRENDRE MA PLACE !
ah
T'INQUIÈTE PAS ...
J'AI ARRACHÉ LA PETITE ANNONCE
comme ça, on n'aura pas de concurrence
URGENT
Domestiques
homme ou femme – expériences souhaitées – 20 à 40 ans
RAÏMON !
c'est pas très correct ...
NOUS SOMMES SUR LA TERRE, À LA FIN DU 22E SIÈCLE
DE NOMBREUSES GUERRES ...
L'ONT TOTALEMENT DÉVASTÉE ...

LA JOUISSANCE DES DERNIERS VESTIGES DE LA TECHNOLOGIE D'AUTREFOIS EST LE PRIVILÈGE DES MILITAIRES, DES POLITIQUES ET AUTRES MILLIONNAIRES
TANDIS QUE LE PEUPLE VIT DANS UNE MISÈRE ABSOLUE ET UNE INSÉCURITÉ PERMANENTE
POUR SURVIVRE DANS CETTE ÉPOQUE DIFFICILE, JE N'AI EU D'AUTRE CHOIX QUE DE DEVENIR UNE VOLEUSE
attention à ne pas glisser
quelle demeure impressionnante
MAIS C'EST DU PASSÉ
ACTUELLEMENT, JE VOYAGE DE VILLAGE EN VILLAGE POUR TROUVER UN TRAVAIL
toc
toc
JE VOUS AI AMENÉ DES GENS QUI SOUHAITENT ÊTRE EMBAUCHÉS COMME DOMESTIQUES
TOUS MES EFFORTS VONT ENFIN PORTER LEURS FRUITS
gloups
GNIII
tactac
hi hi hi
s'il est comme ça, on fait quoi ?
mais
BIENVENUE !
JE M'APPELLE ADÉLYTE WILSON
TIENS ?

QU'EST-CE QUE TU ES MIGNONNE !
DIRE DE TELLES ÉVIDENCES NE JOUERA PAS EN TA FAVEUR !
hum !
AH OUI ?
JE SUIS LA FILLE UNIQUE DE LA FAMILLE WILSON
DEPUIS LA MORT DE MON PÈRE, C'EST MOI QUI SUIS CHARGÉE DE RECRUTER LE PERSONNEL
MAIS ...
AUTREFOIS, C'ÉTAIT UN MILITAIRE D'ÉLITE. MALGRÉ SA JEUNESSE, IL ÉTAIT GRAND CAPITAINE DE LA POLICE DE L'ARMÉE. IL PARAÎT QUE SES SUPÉRIEURS PLAÇAIENT BEAUCOUP D'ESPOIRS EN LUI
IL ME POURSUIVAIT PARTOUT EN FAISANT SEMBLANT DE VOULOIR M'ARRÊTER
AH BON ?
KOTOBUKI, DANS VINGT ANS ELLE SERA UNE FILLE COMME ON EN TROUVE PARTOUT, TOUT À FAIT BANALE
elle ne comprend pas
HUMF
ah ...
OUI ...
TON AMI ?!
... C'EST QUI CELUI-LÀ ?

MAIS IL Y A QUATRE MOIS ET DEMI, IL A QUITTÉ L'ARMÉE SUR UN COUP DE TÊTE
LA RAISON QU'IL A INVOQUÉE EST ...
"MON RÊVE, C'ÉTAIT DE PASSER OUTRE NOS POSITIONS RESPECTIVES POUR RESTER AUPRÈS DE TOI"
les voilà il y a quelque temps...
JE SUIS TRÈS RAPIDE
fiouuuu !
JE SUIS FORTE !
gouua
DEPUIS, JE VOYAGE AVEC LUI ...
ET VOUS ÊTES AMOUREUX ?
perspicace
QUOI ?!
EUH, DISONS QUE ...
comment dire ...
JE N'ARRIVE PAS À M'HABITUER À CE MOT-LÀ ...
C'EST QUE ...
COMME NOUS SOMMES MARIÉS, NOUS NOUS ABANDONNONS CORPS ET ÂME L'UN À L'AUTRE ...
EN TOUS CAS !!
quoi ?
ET JE SAIS OUVRIR LES SERRURES VERROUIL-LÉES
je peux ouvrir ça en 3 secondes
TU FERAIS UNE TRÈS BONNE CAMBRIOLEUSE ...
je recherche plutôt des domestiques
clic
toc
mais
ON ME L'A SOUVENT DIT, MAIS JE NE SUIS PAS UNE VOLEUSE !
ALLEZ, TAIS-TOI MAINTENANT !
car tu ne sais pas mentir
QUE DE BRUIT !

JE VOUS PRÉSENTE MA MÈRE
ET MONSIEUR KAMIHARA, UN SCIENTIFIQUE
BONJOUR !
CE SONT LES NOUVEAUX DOMESTIQUES ?
MÈRE ...
JE T'AI ENCORE APPORTÉ UN JOUET AUJOURD'HUI
MERCI
oh !
elle parle quand on appuie dessus
c'est la vie !
C'EST LUI QUI L'A FABRIQUÉ, C'EST SUPERBE NON ?
GRÂCE À MON SOUTIEN FINANCIER, IL EST EN TRAIN DE CRÉER UNE SONDE POUR TROUVER LES "AILES"
QUAND CELA SERA FINI, ON TROUVERA LES "AILES" ET ON GAGNERA BEAUCOUP D'ARGENT
UNE SONDE ...
c'est vraiment possible ?
VOILÀ QUI EST BIEN AMBITIEUX
LES "AILES" SONT UNE LÉGENDE URBAINE DE NOTRE ÉPOQUE
MÈRE ! ENFIN, C'EST UN SUJET QU'ON N'ABORDE PAS DEVANT DES INCONNUS !
ET POURQUOI ? LES "AILES" EXISTENT RÉELLEMENT !
ce n'est pas le problème ...
c'est la vie !

ON DIT QU'IL Y A TRÈS LONGTEMPS, LES "AILES" RÉALISÈRENT LES SOUHAITS DES HABITANTS D'UN PETIT VILLAGE
tsing
tsing
HUM !
ON NE SAIT PAS VRAIMENT DE QUOI IL S'AGIT NI QUELLE FORME ELLES PRENNENT, MAIS ELLES SERAIENT ENFOUIES QUELQUE PART SOUS LA TERRE
CELUI QUI LES SAISIRA POURRA RÉALISER TOUS SES RÊVES
BAH ?!
QU'EST-CE QU'IL ME VEUT, LUI ?!
MADAME, JE DOIS MAINTENANT RETOURNER À MES OCCUPATIONS. JE VOUS FERAI PROCHAINEMENT UN NOUVEAU RAPPORT SUR L'AVANCÉE DE MES RECHERCHES
oh oui !
AH, JE VAIS VOUS RACCOM-PAGNER
MÈRE, FAITES ATTENTION EN SORTANT
CLING
OUPS !
POC
c'est la vie !
oh zuuut !
LE VASE EST TOMBÉ !
CLAC
...
PFUH !
GLOUPS
c'est la ...
ÇA M'ÉNERVE !

— 5 —

J'ai donc déménagé. J'habite maintenant dans la ville de Funabashi, dans la préfecture de Chiba. Ce n'est en fait pas loin de chez mes parents. On dit souvent qu'il est agréable de vivre seul, car au moins on est tranquille, mais moi, j'étais très bien chez mes parents. Cela ne change donc pas grand-chose ! Au contraire, j'ai de plus en plus de choses à organiser et ça m'embête ! Ca ne m'intéresse pas trop d'en décorer l'intérieur, et ma maison est extrêmement dénudée. J'ai pourtant des fausses fleurs en tissu, mais ça, c'est ma mère qui me les a achetées (rires) ! En plus, il n'y a rien dans le quartier où j'habite (surtout autour de la gare). L'autre jour, deux de mes amies sont venues pour m'aider à finir mes planches, mais l'une d'elles m'a dit tout de suite au téléphone, dès qu'elle m'a eue :

Pourtant, je vis dans un endroit où le ciel est magnifiquement bleu, et où tout est calme. C'est un quartier paisible. Et il y a de charmantes grenouilles !

ET DONC ...
KOTOBUKI, TU COMMENCES DÈS DEMAIN
ouais !!
JE FERAI TOUT CE QU'ON ME DEMANDERA !
ET TOI, RAÏMON, TU ES PRIÉ DE NE PAS TROP NOUS GÊNER
MOUAIS ...
garçon ? garçon ?
sexy ! sexy !
RÉCEMMENT BEAUCOUP DE DOMESTIQUES ONT QUITTÉ LA DEMEURE, ALORS MADEMOISELLE ADY EN CHERCHE DE NOUVEAUX ...
en fait
MONSIEUR ÉTAIT UN CADRE TRÈS HAUT PLACÉ DANS L'INDUSTRIE TEXTILE. IL EST DÉCÉDÉ IL Y A SIX MOIS DANS UN ACCIDENT, ET DEPUIS ...
CETTE MAISON COURT À LA RUINE
nos salaires n'arrêtent pas de baisser
AH ?
DEPUIS LA MORT DE MON PÈRE, C'EST MOI QUI SUIS CHARGÉE DE RECRUTER LE PERSONNEL
MADAME EST EXTRÊMEMENT ÉTOURDIE ET ELLE N'A HÉLAS AUCUN SENS PRATIQUE
tu es au courant ?
ET PUIS SON HISTOIRE AVEC L'AUTRE SCIENTIFIQUE POUR CRÉER UNE SONDE CAPABLE DE TROUVER LES "AILES", C'EST VRAIMENT PAS CLAIR ! ON N'EST DÉJÀ PAS SÛR QUE LES "AILES" EXISTENT ALORS... TU CROIS PAS QUE J'AI RAISON ?
ADÉLYTE A L'AIR TRÈS MATURE ...
euh ...
MATURE ? EH BEN DIS DONC ! CE N'EST QU'UNE PETITE PESTE ARROGANTE ! ELLE N'A QUE ONZE ANS APRÈS TOUT !
ELLE NE SE COMPORTE PAS COMME UNE ENFANT ! C'EST IRRITANT !

TU POURRAS LE CONSTATER PAR TOI-MÊME DÈS DEMAIN
kyah ♥
il était dans sa chambre
SHTIMP
!!
...
MAIS ÇA VA PAS ?!
sans pré-venir !
TU AVAIS L'AIR DÉCOURAGÉE !
eeeh !
MAIS NON, PAS DU TOUT !
J'AI ENFIN TROUVÉ UN TRAVAIL !!
en plus, c'est en pension complète !
mais je veux le faire !
JE NE SAIS PAS POUR QUELLE RAISON TU AS ACCEPTÉ CE BOULOT, MAIS ...
JE VAIS TRAVAILLER ICI SANS RELÂCHE ET JE POURRAI ENFIN TE REMBOURSER !
elle consigne dans un carnet tout ce qu'il lui a payé
JE TE DIS QUE C'EST PAS LA PEINE
C'EST POUR ÊTRE AVEC TOI !
quelle question idiote

ZOUF
je n'aurais pas dû lui demander ...
EN TOUT CAS, FÉLICITATIONS ...
POUR TON NOUVEAU TRAVAIL !
TU ES CONTENTE ?
...
JE DOIS ÊTRE EN FORME DEMAIN !
je vais me coucher !
SAH
pof pof
IL Y A UNE PETITE PLACE À CÔTÉ DE MOI !
VPOLOM
MOI QUI PENSAIS QU'ELLE ALLAIT S'ALLONGER À CÔTÉ DE MOI SANS BRONCHER ...
RAÏMON EST TOUJOURS SI GENTIL AVEC MOI
ENFIN, JE CROIS ...
MAIS JE NE VEUX PAS DE CETTE DÉPENDANCE, JE VEUX ÊTRE CAPABLE DE LE PROTÉGER MOI AUSSI, ÊTRE DIGNE DE LUI
DANS LES FAITS, C'EST TOUJOURS LUI S'OCCUPE DE MOI
MÊME LORSQUE J'AI DE L'ARGENT ...

IL NE M'A JAMAIS RIEN DEMANDÉ
tu voulais des nouveaux vêtements, ça te plaît ça ?
laisse tomber ! Je vais me débrouiller !
elle va devenir folle...
MAIS ...
MOI, JE VOUDRAIS FAIRE QUELQUE CHOSE POUR LUI
UTILISER MA PAIE POUR LUI
CET ARGENT QUE J'AURAI GAGNÉ HONNÊTEMENT
JE VOUDRAIS LUI FAIRE PLAISIR ...
MAIS OUI !
SI JE LUI OFFRE QUELQUE CHOSE PLUTÔT QUE DE LE REMBOURSER BÊTEMENT, IL NE POURRA PAS LE REFUSER !
IL SUFFIT QUE JE LUI FASSE UN CADEAU !
que je suis intelli-gente !
JE VAIS LUI DEMANDER EN DOUCE CE QU'IL VEUT !
OUAIS !!
ET VOILÀ UN NOUVEL OBJECTIF POUR DEMAIN !
et les bottes ?!

... DEPUIS QUELQUES TEMPS, LA QUALITÉ DE LA SOIE NE CESSE DE SE DÉGRADER
MAIS IL Y A DES ENTREPRISES QUI NE VEULENT PAS L'AVOUER
AU FAIT, LE MOIS PROCHAIN, NOTRE SOCIÉTÉ ORGANISE UNE RÉCEPTION. ÇA TE DIRAIT D'Y ALLER AVEC UNE NOUVELLE ROBE ?
JE PEUX ? YOUPI !
JE SUIS ENNUYÉ ...
ON DEMANDERA À TA MAMAN DE TE FAIRE UNE ROBE
C'EST VRAI QUE TU ES BIEN MALADROITE ...
VOYONS ! JE NE SUIS PAS DU TOUT DOUÉE POUR ÇA ! MÊME EN Y PASSANT BEAUCOUP DE TEMPS, JE N'ARRIVERAI JAMAIS À LA TERMINER !
MADAME !
MADEMOISELLE ADY ! MONSIEUR A EU UN ACCIDENT !!

LA FALAISE S'EST ÉCROULÉE ...
MAIS JE ME DEMANDE SI LES WILSON VONT TENIR LE COUP MAINTENANT QUE MONSIEUR N'EST PLUS DE CE MONDE ...
MÈRE ! À QUOI CORRESPON-DENT CES DÉPENSES ? COMMENT AVEZ-VOUS UTILISÉ CET ARGENT ?
C'EST POUR MONSIEUR KAMIHARA, UN SCIENTIFIQUE
IL VA CRÉER UNE SONDE POUR TROUVER LES "AILES". GRÂCE À CELA, NOUS N'AURONS PLUS DE PROBLÈMES FINANCIERS ...
NOUS SOUHAITONS DONNER NOTRE DÉMISSION DÈS AUJOURD'HUI
MÈRE, SI VOUS CONTINUEZ À AIDER CE MONSIEUR, NOUS ALLONS ÊTRE RUINÉES !
URGENT Domestiques
MAIS NON, ÇA VA ALLER
ÇA VA ALLER
PA

HUM
CESSE ...
DE ME DÉVISAGER !
CETTE TENUE NE ME VA PAS DU TOUT !
AU CONTRAIRE !
CÂLIN
TU ES ADORABLE ! ÇA ME DONNE DES IDÉES ...
DITES, IL EST GRAND TEMPS DE NOUS METTRE AU TRAVAIL
RAÏMON, TU VAS LÀ-BAS ...
à quoi tu pen-ses ?!
MAIS CE N'EST QU'UN UNIFORME !
GROAR
AH !!

EUH, RAÏMON ...
OUI ?
TU POURRAIS ME DIRE ...
DIS-MOI ...
CE QUE TU AIMES ?
TOI !
MAIS NON !
JE PARLAIS D'UNE CHOSE ...
QUI TE FERAIT ENVIE
J'AI ENVIE DE TOI
dans le sens premier
TU M'ÊNERVES !
CRAC
OUAAAAH !
TOUT MON PLAN TOMBE À L'EAU !
...
hi hi
JE NE LE COMPRENDS PAS DU TOUT !
c'est pas faute d'essayer ...
JE VAIS DEVOIR TROUVER TOUTE SEULE ...
flop
flop
flop
QU'EST-CE QUI POURRAIT ...
csi
csi
csi
...

UN PEU PLUS TARD
QUE JE SUIS HEUREUSE
je travaille bien !
toc
MÈRE !
toc
toc
MÈRE
MÈRE ...
gniii...
AAAAH
!
FLAP
N'ENTRE PAS ICI !
NON !!
VEUX-TU REFERMER CETTE PORTE !
NOUS AVONS REÇU UNE LETTRE DE LA SOCIÉTÉ DE PÈRE
TIENS !
OUPS
SHRRRR
ah non !
JE VAIS L'OUVRIR POUR VOUS !!
clac
SI VOUS NE VOULIEZ PAS QUE JE RENTRE, IL FALLAIT ME RÉPONDRE, OU MÊME FERMER LA PORTE À CLÉ ...
TU AS RAISON ...
MAIS QUE VEUX-TU ?
pfuh
BON ...
ça s'ouvre comment ?
EUH ...

-6-

Tandis qu'on parlait avec mes amies (citées plus haut), j'ai reçu un coup de fil très bizarre !

Peut-être qu'il se sentait seul, ou qu'il voulait prendre du plaisir via le téléphone, mais c'était super désagréable ! Heureusement, cela n'est arrivé qu'une seule fois... Bon, la conversation devient un peu glauque et puisque cela ne sert à rien, je vais changer de sujet ! En fait, je vais bientôt avoir un ordinateur chez moi ! Youpiii ! J'en ai enfin acheté un ! C'est mon porte-feuille qui vient d'en souffrir... Eh !! (rires) Je l'attends avec impatience. Grâce à cet ordinateur, je vais pouvoir m'amuser sans arrêt... Je suis en train d'imaginer toutes les possibilités qu'il pourra m'offrir et je suis excitée rien que d'y penser. Mais je crains aussi qu'il ne devienne une sorte de boîte à souffrance... Je le pressens. En attendant, je réfléchis à son nom (Hein ?! Tu vas lui donner un nom ?)

TU AS DE MEILLEURES PROPOSITIONS ?
MAIS ...
...
... ...
QUELLE RÉPONSE PERTINENTE !
bien
CLAC
AAAAH !
HA ?
AAAAH !!
C'EST DANGE-REUX !
hop là !
PARDON
ah !
QU'EST-CE QUE TU FAIS PERCHÉE LÀ HAUT ?!
ÇA NE SERT À RIEN DE NETTOYER ÇA ! ENFIN ...
tu sais ...
...

ADY, TU N'AIMES PAS TA MAMAN ?
TU NOUS ESPIONNAIS ?
C'EST ELLE QUI NE M'AIME PAS
TU AS BIEN VU, ELLE NE VEUT MÊME PAS QUE JE RENTRE DANS SA CHAMBRE
MAIS ÇA M'EST BIEN ÉGAL, MOI TOUT CE QUE JE VEUX ...
C'EST QU'ELLE RESTE BIEN SAGE, À NE RIEN FAIRE
LE PLUS TÔT SERA LE MIEUX
JE N'ATTENDS RIEN D'AUTRE D'ELLE
CAR JE NE SUIS PLUS UNE ENFANT !
ET PUIS LES FÊTES, ÇA NE SERT À RIEN !
C'EST BRUYANT, ET PUIS C'EST TOUT !
MAIS SON VISAGE DE TOUT À L'HEURE ...
ELLE EST ...
ET DIRE QU'ELLE N'A QUE ONZE ANS
voilà !
BON APPÉTIT !
...
KOTOBUKI ? TU N'AS PAS FAIM ?

OMELETTE
J'ADORE ÇA !
GNI
clap
OUAIIS !
MONSIEUR SHIRAGI !
tiens
J'AI PLEIN DE CHOSES À FAIRE !
et en plus, je vais manger une omelette !!
IL Y A UNE PLACE ICI ...
salut
LE BOULOT S'EST BIEN PASSÉ ?
TRÈS BIEN !
JE VOIS
ZOUIF
EUH ...
CE LONG BANDANA NE VA PAS TRÈS BIEN AVEC TA CHEMISE
tu trouves ?
OUI, MAIS ÇA ME CALME
ah, t'appelles ça un bandana, toi ?
euh ...
KYAAAAH♡
TU CHANGES DE CARACTÈRE SI TU L'ENLÈVES ? TU DEVIENS VIOLENT, C'EST ÇA ?
OUI, C'EST TOUT À FAIT ÇA
BEN VOYONS ...
AH !
ÇA Y EST !!
HOP
BANG
KYAAAAH !

CE N'EST PAS SI GRAVE, TANT QUE MON REPAS ET CELUI DE KOTOBUKI SONT INTACTS ...
PARDON ...
ah !
JE NE SAIS PAS CE QUI T'ARRIVE, MAIS TU AS FAILLI RENVERSER LA TABLE !
JE VAIS LUI OFFRIR UN BANDANA !
TOUT VA BIEN ?
OUI, ÇA VA MAIS ...
...
KOTOBUKI !
CE N'EST PAS GRAND-CHOSE, MAIS CE SERA UN BON DÉBUT !
QUAND ON A UN OBJECTIF ...
C'EST BIEN PLUS FACILE DE TRAVAILLER !
TIENS ?
tiens tiens
... QUEL IDIOT !
flop
flop

JE ME DEMANDE CE QU'ELLE REGARDE ?
IL ME SEMBLE ...
QUE C'EST LA FENÊTRE DE LA CHAMBRE DE SA MÈRE
!
EST-CE QU'ELLE SE REND COMPTE ...
DE CE QUE SON VISAGE ...
LAISSE TRANSPARAÎTRE ?
COMMENT JE POURRAIS L'ABORDER ?
mais
EN FAIT, EUH ...
JE SAIS !
j'ai une idée !
FIOUUU
GLOUPS !
ADY !
ha
ha
DU THÉ !
JE T'AI APPORTÉ DU THÉ !!
ha
fuh
ha
MAIS JE N'EN AI PAS DEMANDÉ !
ha
ha
EUH, C'EST DE MA PROPRE INITIATIVE
DÉSOLÉE D'ÊTRE SI ESSOUFFLÉE, MAIS JE ME SUIS DÉPÊCHÉE
ha
fuh
ha
je suis fatiguée

HI HI
TU ES BIZARRE ... MAIS D'ACCORD, J'EN VEUX BIEN UN PEU !
tu as bien fermé le couvercle pendant l'infusion ? il n'a pas beaucoup de goût, ça a infusé assez longtemps ?
et j'aime le thé assam !
ah bon ?
ATTENDEZ !
HEIN ?
TIENS !
RAÏMON ET LA MÈRE D'ADY ...
ET COMME J'AI VU QUE VOUS PORTIEZ UN FOULARD ...
JE VOUS OFFRE CELA
NON MERCI
RECEVOIR CE GENRE DE TRUC NE ME FAIT PAS SPÉCIALEMENT PLAISIR
BAH !

MAIS ALORS MA SUPER IDÉE ?!
QU'EST-CE QUE TU AS ?
EUH, EN FAIT ...
JE VOULAIS LUI OFFRIR UN BANDANA
ÇA NE ME FAIT PAS PLAISIR
VOUS VOUS AIMEZ, N'EST-CE PAS ?
ALORS MÊME SI TU NE LUI OFFRES RIEN, IL SERA CONTENT ...
TA PRÉSENCE LUI SUFFIT PROBA-BLEMENT

ELLE A VOULU LUI FAIRE UN CADEAU ?!
C'EST BIEN LA PREMIÈRE FOIS QUE ÇA ARRIVE
QUE TA MAMAN N'AIT PAS PU TE FAIRE CETTE ROBE
ÇA NE FAIT RIEN, CELLE QU'ON M'A ACHETÉ EST BEAUCOUP MIEUX !
MÊME POUR MA ROBE ...
C'EST DOMMAGE ...
TA ROBE EST TRÈS JOLIE
C'EST MAMAN QUI ME L'A FAITE !
HA HA HA ...
RIEN QUE POUR MOI !
C'EST JOLI, N'EST-CE PAS ?
!!

AAAAAAAH !
ADY ?
CLAC
MAIS ...
NOTRE TRÉSOR FAMILIAL, LE CRISTAL DE ROCHE A DISPARU !
UN CRISTAL ?
IL ÉTAIT INCRUSTÉ DANS LE PLAFOND !
MAIS POURQUOI A-T-IL DISPARU ?!
KAMIHARA ...
?
ON VA BIENTÔT EN TROUVER, J'EN SUIS CERTAINE !
CETTE FOIS, IL EST ALLÉ TROP LOIN
MAIS OUI, C'EST LUI !!
IL N'ARRÊTAIT PAS DE LE REGARDER
JE NE LUI PARDONNERAI JAMAIS !
MAIS NOUS N'AVONS AUCUNE PREUVE ...

ADY, CALME-TOI !
JE SUIS CALME !
TU Y TIENS ...
TANT QUE ÇA ?
JE NE PEUX PAS LA LAISSER SEULE
LAISSEZ-MOI VOUS ACCOMPAGNER !
JE POURRAIS VOUS ÊTRE UTILE
CE NE SONT PAS TES AFFAIRES !
JE LE SAIS TRÈS BIEN MAIS ...
JE VEUX VOUS AIDER !
ALORS C'EST ICI ...
LA MAISON DE KAMIHARA EST VRAIMENT LUGUBRE
JE TE L'AVAIS BIEN DIT !

IL EST QUAND MÊME BIZARRE, TON AMI ... ÇA M'ARRANGE QU'IL NE SOIT PAS VENU
JE NE LE LUI EN AI PAS PARLÉ
JE VOULAIS JUSTE L'ESPIONNER
elle l'évite
il ne travaille pas
POUR VOIR S'IL SERAIT CONTENT MÊME SI JE NE LUI OFFRAIS RIEN
ÇA NE POSE PAS DE PROBLÈME ?
J'AI LE DROIT D'ABUSER UN PEU DE SA GENTILLESSE ?
AU LIEU D'ESSAYER DE FAIRE DES EFFORTS EN VAIN ?
MAIS ...
ÇA VEUT DIRE QUOI EXACTEMENT, ABUSER DE SA GENTILLESSE ?
bon
ON Y VA !
PAF
SHLAAA
oh !
ÉCHELLE POR-TATIVE !
J'AI TOUJOURS VOULU AVOIR ÇA QUAND J'ÉTAIS VOLEUSE ... MAIS ÇA COÛTAIT TROP CHER !
vive la technologie

ÇA ALORS ...
SHLIP
JE NE COMPRENDS PAS
LE CRISTAL !
bip
OÙ EST LE CRISTAL ?
biiiip
KYAAAAH !
IL Y A DES INTRUS !
?!
GLOUPS
...
BAH ! C'EST QUOI ?!
KYAH !
C'EST UN ROBOT !
CE TRUC-LÀ ?
C'EST VOUS ...
KYAH.
BZI

KAMI-HARA !
C'EST TOI QUI A VOLÉ LE CRISTAL, N'EST-CE PAS ?!
C'EST DE ÇA DONT VOUS PARLEZ ?
JE LE SAVAIS !
IL AURAIT AU MOINS PU ESSAYER DE NIER ...
J'EN AI ABSOLUMENT BESOIN POUR CRÉER LA SONDE
le prototype
LE DIOXYDE DE SILICIUM DONNE UN TAUX DE RÉFRACTION PARTICULIÈREMENT FIN
C'EST LE MEILLEUR CRISTAL QU'ON PUISSE TROUVER, MAIS À NOTRE ÉPOQUE, LE CRISTAL DE ROCHE EST BIEN TROP CHER ! JE NE VOUS L'EMPRUNTE QUE POUR UN MOMENT
TU TE PERMETS DE ME DIRE ÇA ALORS QUE TU L'AS VOLÉ ?!
RENDS-LE-MOI IMMÉDIATEMENT !
C'EST BIEN DOMMAGE ...
MON INVENTION SERA LA PLUS INNOVANTE DE NOTRE SIÈCLE
ha !
GÉNIAL !
ET ELLE SERVIRA À QUOI, AU JUSTE ?

RAÏ …
IL NOUS A SUIVIES ?!
kyah ! c'est un intrus !!
SHLIP
JE T'AI APPORTÉ TON DÉJEUNER …
PARCE QUE JE T'AI VU PARTIR !
KYAAAAH ! KYAH ! KYAH !
… CETTE SI MERVEIL-LEUSE INVENTION ?
spouf …
KYAH ! KYAH ! KYAH !
TOI, LA FERME !
GON
yeur
NAN, PAS MA PETITE LÉMY !
AAAAH
"ma petite lémy" ?!

KAMIHARA, J'AI DÉJÀ ENTENDU PARLER DE TOI ...
IL PARAÎT QUE L'ARMÉE T'A PUNI POUR AVOIR FABRIQUÉ DE PSEUDO-ARMES
UN IMBÉCILE RESTE TOUJOURS IMBÉCILE !
COMMENT SAIS-TU CELA ?
PARCE QUE JE SUIS UN GÉNIE
BEN VOYONS ...
...
ENFIN BON, TANT QUE TU NE FAIS PAS DE MAL À KOTOBUKI, ÇA NE ME GÈNE PAS
mais vu le déroulement des choses, ce ne sera pas le cas ...
mais !
QUOI ?! COMMENT AS-TU FAIT POUR LA METTRE EN MARCHE ? IL Y A POURTANT UN SYSTÈME DE SÉCURITÉ QUE JE SUIS LE SEUL À POUVOIR DÉCODER !
ha ha !
C'EST RIDICULE ! VOUS N'AVEZ AUCUNE PREUVE DE CE QUE VOUS AVANCEZ ! JE NE SUIS QU'UN HONNÊTE SCIENTIFIQUE
pfuh...
MALHEUREU-SEMENT POUR VOUS, IL N'Y A QUE MOI QUI PUISSE LA FAIRE FONCTIONNER ...
IL SUFFIT DE METTRE LA SONDE EN MARCHE POUR VOIR SI TU DIS VRAI ...
tic
tic
tic
tic
tic
tic
J'AI DÉJÀ DIT QUE J'ÉTAIS UN GÉNIE

BAAM
SCHRA
SCHRA
CLING
AAAAAAAH !
HEUREU-SEMENT QU'IL N'Y A AUCUNE MAISON LÀ-BAS
...
PIUUU
...
BOUM
voilà un joli cratère !
donc ...
C'EST BIEN UNE ARME
TU NOUS AS TRAHIES !
zut !
BANDE D'IMBÉCILES !
TOUT LE MONDE S'EN FOUT DE CETTE GRELUCHE !
POURQUOI SE SOUCIER D'UNE PERSONNE AUSSI NAÏVE ET INUTILE ?
ET PUIS, C'EST UNE BIEN MAUVAISE MÈRE
IL A RAISON ...
MOI, J'AVAIS JUSTE BESOIN D'ARGENT ! MON TALENT EST BIEN PLUS PRÉCIEUX QUE LES "AILES" !
ET VOUS, JE CROYAIS QUE VOUS N'EN AVIEZ RIEN À FAIRE DE VOTRE MÈRE !
TAIS-TOI !

ELLE NE SAIT PAS S'OCCUPER DES ENFANTS, JE NE PEUX MÊME PAS L'IMAGINER CHANGEANT LA COUCHE D'UN BÉBÉ
C'ÉTAIT UNE ENFANT GÂTÉE, ALORS ELLE N'A AUCUNE JUGEOTE, SANS PARLER DE SA MALADRESSE ...
ELLE N'EST MÊME PAS CAPABLE DE ME FAIRE UNE ROBE !
DEPUIS CE JOUR, JE NE ME RENDS PLUS AUX FÊTES ...
CAR J'ATTENDAIS ...
LE MOMENT OÙ J'AURAI PU RIRE COMME CETTE FILLE ...
COMME J'AI TROP ATTENDU ...
JE N'ESPÈRE PLUS RIEN D'ELLE
ADY
EN VÉRITÉ ...
ELLE A TOUJOURS REFOULÉ SES SENTIMENTS DE PETITE FILLE
ADY A BESOIN DE TANT D'ATTENTION
MAIS EN FAIT ...
DASH
KAMIHARA, ATTENDEZ !

SAH
!!
GOING
AÏE !!
HEIN ?!
IL Y A ...
UNE AUTRE MOI !
mm
J'AI EU PEUR !
C'EST KOTOBUKI ?
TAP
TAP
TAP
TAP
AÏE ...

QUOI ?!
HEIN ?
MAIS C'EST MOI ?!
PROTÈGE-MOI S'IL TE PLAÎT !
hé !
je suis là !
PROUVE-MOI QUE TU M'AIMES !
TU ES HEUREUX QUAND JE SUIS LÀ, NON ?
!
C'EST FAUX !
GR
QU'EST-CE QU'ELLE RACONTE ?! ELLE SE MOQUE DE MOI ?
GR
GR
J'AI RAISON N'EST-CE PAS ?
GR
ELLE NE ME RESSEMBLE PAS DU TOUT !
GR
JE NE SUIS PAS DU TOUT COMME ÇA !!
ÇA VEUT DIRE QUOI EXACTEMENT, ABUSER DE SA GENTILLESSE ?
TAP !
ATTENDS UN PEU !
GR
GR

ELLE N'EST PAS COMME MOI !!
MA TOUTE NOUVELLE CRÉATION !!
bip
j'ai un petit peu mal ...
BIM
BAM
NON !
hop
TU L'AS FRAPPÉE, TU ÉTAIS DONC TELLEMENT SÛR DE TOI ?
ELLE NE RESSEMBLE PAS DU TOUT À KOTOBUKI !
QUANT À TOI, TU AS POUSSÉ LE BOUCHON UN PEU TROP LOIN !
JE VOIS
d'accord, tu es bizarre mais ...
POURQUOI KOTOBUKI ?
SON VISAGE ME PLAÎT, C'EST TOUT !
SBONG
mais pourquoi ...
VOUS FAI-TES ÇA ?!
Kamihara

SCHHH
JE ME CHARGE DE CHÂTIER CEUX QUI OSENT SOUS-ESTIMER KOTOBUKI !
TU NE LE SAVAIS PAS ?
JE NE LE SAVAIS PAS ...
TANT PIS POUR TOI !
NOOOO
BIN
DONG
DONG
il est sans pitié ...
...
TANT PIS, JE N'AI PAS PU LUI FAIRE PLAISIR CETTE FOIS-CI ...
HEIN ?
CE N'ÉTAIT QU'UN PREMIER ESSAI
MOI, JE VOUDRAIS JUSTE FAIRE QUELQUE CHOSE PAR MOI-MÊME
POUR LUI FAIRE PLAISIR ...
ET UN SEUL SOURIRE DE LUI ...
SUFFIRAIT À FAIRE DE MOI LA FILLE LA PLUS HEUREUSE DU MONDE !

ET CE SIMPLE SOURIRE ...
ME DONNERAIT ENVIE DE CONTINUER À FAIRE DES EFFORTS !
RAÏMON !
ÇA SUFFIT !
SI VOUS CONTINUEZ À LA VIOLENTER ...
JE NE POURRAI GARANTIR LA SÉCURITÉ DE CE CRISTAL !
donc ar-rêtez !!
BEN, MOI JE M'EN FOUS
c'est pas à moi
MAIS PENSE UN PEU AUX AUTRES QUAND MÊME ?!
hé !!
BIEN, JE VOUS QUITTE ICI
ET J'AI DÉJÀ INSTALLÉ DES CHARGES D'EXPLOSIFS CHEZ LES WILSON !
IL SUFFIT QUE J'APPUIE SUR CE BOUTON POUR DÉTRUIRE LEUR MAISON EN MOINS DE TRENTE SECONDES !
QUOI ?
BEN APPUIE ...
c'est pas chez moi
QU'EST-CE QUE JE VIENS DE TE DIRE ?!
“si tu veux la paix, prépare la guerre” !
AH !!

JE TE CONSEILLE ...
DE LE LUI RENDRE !!
OH !!
CE N'EST PAS UNE POSTURE CONVENABLE POUR UNE JEUNE FILLE
C'EST DANGEREUX, TU NE L'ARRÊTES PAS ?
ELLE NE SERAIT PAS CONTENTE QUE J'INTERVIENNE ...
CAR ELLE EST CAPABLE DE SE DÉBROUILLER SEULE
ELLE EST TOUCHANTE QUAND ELLE SE DÉMÈNE COMME ÇA ...
ÇA ME FAIT PLAISIR
ça alors ...
DE TOUTE ÉVIDENCE, TU LA CONNAIS BIEN ...

SALE GARCE ! RENDS MOI ÇA !
JAMAIS ! C'EST LE TRÉSOR D'ADY !
ESPÈCE DE ...
QUELLE AVIDITÉ ...
SAH
KOTO-BUKI !
CLANG
ATTEN-TION KOTOBUKI !!
J'AGIRAI ...
CHTANG

PAR MOI-MÊME !
KOTOBUKI, TU N'ES PAS BLESSÉE ?
AH ! IL VA APPUYER !
TAC
AAAAAAH !
VIENS KOTOBUKI, IL FAUT QU'ON QUITTE CET ENDROIT
IL EST TROP TARD POUR SAUVER LA MAISON DES WILSON !!
IL NE RESTE QUE TRENTE SECONDES
MAIS ...
J'AI OUBLIÉ DE VOUS DIRE ... J'AI APPORTÉ L'EXPLOSIF QUE J'AI DÉCOUVERT CHEZ LES WILSON !
pok

BOUM
IL FAUT UNE EXPLOSION AU MOINS PAR CHAPITRE !
MAIS QUAND L'AS-TU ENLEVÉ ?
MOI ...
OUI ?
JE VAIS LUI DIRE TOUT CE QUE J'AI SUR LE CŒUR
JE SOUHAITE ...
QUE NOUS PUISSIONS VIVRE TOUTES LES DEUX ENSEMBLE
SI JE N'ARRIVE PAS À LA CONVAINCRE, JE NE SAIS PAS ENCORE CE QUE JE FERAI ...
PEUT-ÊTRE QUE JE LUI OFFRIRAI UN THÉ
... MERCI POUR TON THÉ
ET POUR TOUT LE RESTE
C'EST À MOI QUE TU PARLES ?
À QUI D'AUTRE ?!
mais oui !!

MÈRE, ATTENDEZ-MOI !
moi aussi, je vais faire des efforts !
ha !
ZUT, C'EST ENCORE RATÉ ...
MÈRE !!
VRLOM
NOOOON !
IL NE FAUT PAS QUE TU RENTRES !!
ADY ?
ÇA VA !
VOS ORDRES NE ME TOUCHENT PLUS DÉSORMAIS ...
ET C'EST VOUS QUI ALLEZ M'ÉCOUTER ATTENTIVEMENT MAINTENANT !
quelle détermination !

... EUH
CETTE ROBE ?
ELLE EST BIZARRE ?
C'EST LA PLUS RÉUSSIE QUE J'AI PU FAIRE
ELLE EST MOINS RATÉE QUE LES AUTRES !
C'EST POUR ÇA QUE JE NE VOULAIS PAS TE LAISSER ENTRER ...
je ne voulais pas te montrer ça !!
...
JE ME SUIS ENCORE TROMPÉE DANS LA DÉCOUPE ...
MAIS COMME JE NE VOULAIS PAS JETER LE TISSU, J'AI PENSÉ LE LUI OFFRIR. MAIS IL A REFUSÉ ...
QUOI ?!
BEN, J'AI VRAIMENT PAS BESOIN DE RESTES DE TISSUS
BAH !
C'EST N'IMPORTE QUOI!!!!! !!
ça aussi, c'est la vie ...

ZOUIF !!!
ADY ?
pof
EUH ...
QUOI ?
pof
...
ah non !
C'EST BEAUCOUP TROP GRAND ! ON VA DIRE QUE J'AI ANTICIPÉ SUR TA CROISSANCE ...
mais les manches ne font pas la même longueur ...
VOUS N'AURIEZ PAS UTILISÉ LA CALCULATRICE DE PÈRE, PAR HASARD ? CELLE QUI EST CASSÉE !
...
je ne savais pas
ADY, TU ES SI ADULTE ...
ÇA FAIT SI LONGTEMPS QUE TU TRAVAILLES LA NUIT
ÇA ME FAIT UN PEU PEUR ...
MAIS TU PEUX COMPTER SUR MOI POUR L'ARGENT !
JE VAIS FAIRE COMME EN CE MOMENT ET JOUER MON RÔLE DE MÈRE !

ELLE EST UN PEU MALADROITE ...
...
MAIS CETTE ROBE N'EST PAS TERRIBLE ...
DÉCEPTION
NE T'INQUIÈTE PAS !
J'AI TOUJOURS VOULU UNE ROBE COMME CELLE-LÀ !
TOUJOURS !
JE L'AI TANT ...
DÉSIRÉE !
ET CE SOURIRE ...

ME DONNERA ENVIE DE CONTINUER À FAIRE DES EFFORTS !
FINALEMENT, KAMIHARA A ÉTÉ ARRÊTÉ PAR LA POLICE ...
quoi ? c'était un menteur ? ah bon ?!
ET ADY ET SA MAMAN ONT VENDU LEUR PALAIS POUR VIVRE SEULES
mais
QUANT À TOI, KOTOBUKI, TU AS PERDU TON BOULOT
tu étais si mignonne dans ce costume
...
MAIS ÇA NE FAIT RIEN ...
quand tu seras installée quelque part, envoie-moi une lettre
tu me le promets ?
J'AI GAGNÉ UNE AMIE
ET PUIS J'AI ÉTÉ PAYÉE ! IL SUFFIT DE TROUVER UN NOUVEAU BOULOT !
MOI, J'AI PAS ÉTÉ PAYÉ
je me de-mande pour-quoi

RAÏMON !
OUI ?
euh ...
MA PAIE, ELLE N'EST PAS ÉNORME MAIS ...
JE CROIS QU'IL Y A ASSEZ POUR QU'ON FASSE UN BON REPAS TOUS LES DEUX ...
ENFIN, CE QUE JE VEUX DIRE C'EST QUE ...
JE T'INVITE !
DIS-MOI CE QUE TU AS ENVIE DE MANGER !
je l'ai enfin dit !
TOI
ÇA SUFFIT !
J'ABANDONNE...
JE VEUX MANGER UNE OMELETTE ...
UNE OMELETTE !

...
D'ACCORD !
ON Y VA !
DÉPÊCHONS-NOUS !
on va se régaler !
C'EST MARRANT QUE TU AIMES LES OMELETTES ...
MOI AUSSI, J'ADORE ÇA !
OUI !
DITES, MÈRE... DEPUIS LE DÉPART DE KOTOBUKI, JE NE CESSE DE PENSER À ELLE ...
JE NE SAIS PAS POURQUOI ...
hôôô...
oh là !!
ADY, TU ES AMOUREUSE ?!
il n'y a pas d'âge pour être amoureuse ...
mais mère ...
Ceux qui ont des ailes / Fin du volume 1

Knockin' on the Wall

ON VA BIENTÔT RAMASSER ! DÉPÊCHEZ VOUS DE LE REMPLIR !
BLA
Questionnaire d'orientation
classe : numéro :
nom et prénom
PASSER LES CONCOURS D'ENTRÉE DE L'UNIVERSITÉ, RÉUSSIR EN AMOUR ...
C'EST COMME SI UN MUR INSURMONTABLE S'ÉLEVAIT DEVANT MOI
BLA
SUI, TU ES SOUF-FRANTE ?

PAS VRAIMENT ...
MAIS J'AI PAS TRÈS ENVIE DE RÉFLÉCHIR À TOUT ÇA
TIENS DONC !
aaah là là ...
ON EST ENCORE AU MOIS D'OCTOBRE ...
JE SUIS JALOUSE DE TOI, KAORI
CAR TU SAIS DÉJÀ CE QUE TU VEUX FAIRE DANS LA VIE
tu as déjà décidé de travailler après le lycée ...
OUI ...
?
toc
toc
HASEGAWA !

TU AS FINI DE LE REMPLIR ?
ON LE RAMASSE EN PARTANT DU FOND ...
AH ?!
AH ...
NON, PAS ENCORE ...
EUH ...
...
MADAME !
CEUX QUI NE L'ONT PAS ENCORE REMPLI PEUVENT LE RAMENER PLUS TARD ?
hum ...
BON ALORS, IL ME LES FAUDRA AVANT DEUX JOURS ...

ET VOILÀ !
TU VA POUVOIR RÉFLÉCHIR TRANQUIL-LEMENT
AH ...
MERCI ...
MAIS DE RIEN !
...
eh, dépêche-toi !
...
ah
QUOI ?
NON, RIEN ...

COURS DU SOIR
MADEMOI-SELLE HASEGAWA !
MADEMOI-SELLE HASEGAWA ...
VOUS DEVEZ FAIRE ENCORE PLUS D'EFFORTS ...
IL NE FAUT PAS VOUS CONTENTER DE VOS RÉSULTATS
CE N'EST PAS AUSSI FACILE QUE ÇA, VOUS SAVEZ ?

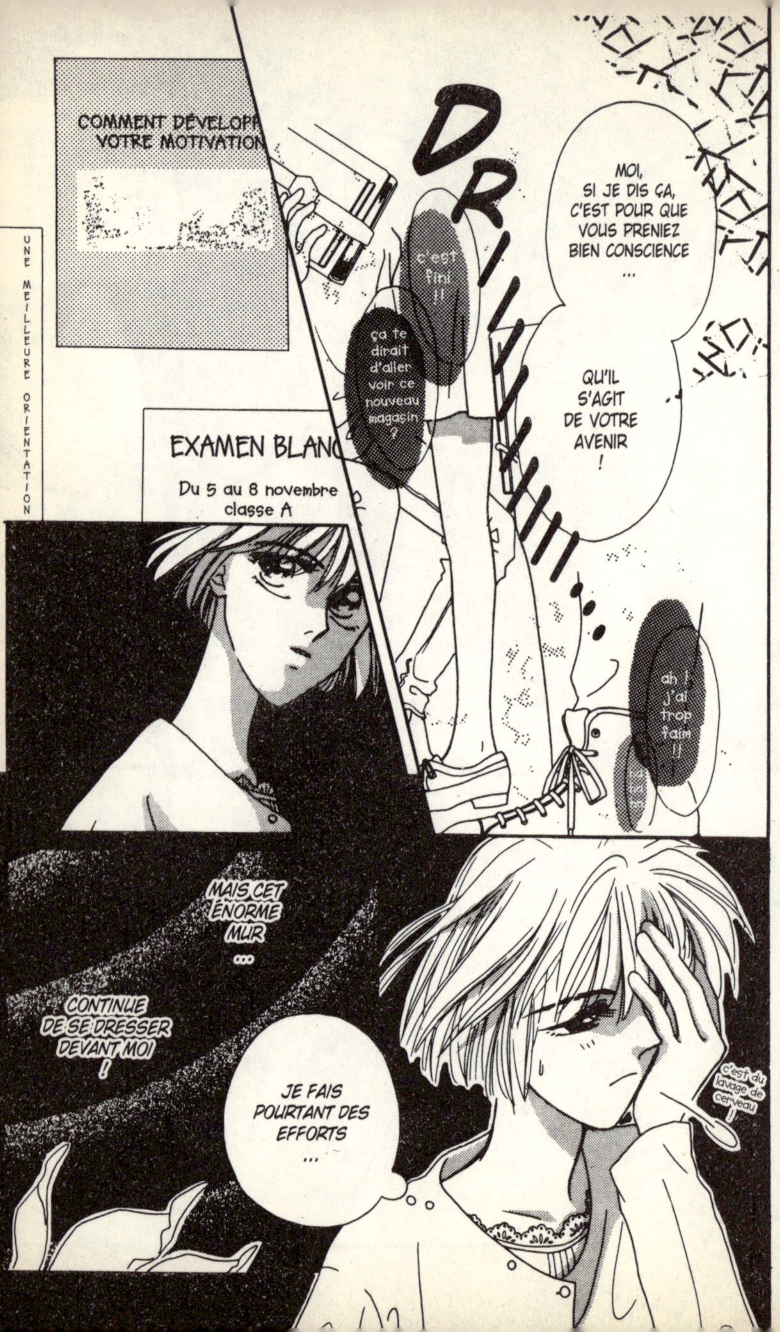
MOI, SI JE DIS ÇA, C'EST POUR QUE VOUS PRENIEZ BIEN CONSCIENCE ...
QU'IL S'AGIT DE VOTRE AVENIR !
DRIIIIIIIII...
c'est fini !!
ça te dirait d'aller voir ce nouveau magasin ?
ah ! j'ai trop faim !!
COMMENT DÉVELOPP
VOTRE MOTIVATION
EXAMEN BLANC
Du 5 au 8 novembre
classe A
c'est du lavage de cerveau !
JE FAIS POURTANT DES EFFORTS ...
MAIS CET ÉNORME MUR ...
CONTINUE DE SE DRESSER DEVANT MOI !

JE N'ARRIVE MÊME PAS À SAVOIR DE QUOI SERA FAITE LA JOURNÉE DE DEMAIN ...
... ALORS COMMENT POURRAIS-JE SAISIR MON AVENIR ?
IL Y A TANT DE CHOSES INCERTAINES ...
POC
POC
POC
POC
POC
ZWOUF !
HEIN ?!

Knockin' on the wall

– 7 –

Oh là làààààà !
Que de souvenirs ! C'est la deuxième histoire que j'ai dessinée depuis mes débuts dans ce métier ! À cette époque-là, j'avais encore énormément de temps (tes regards deviennent flous !)... Je ne suis pas douée pour choisir le titre de mes mangas, alors au début, je trouvais refuge dans les mots anglais. Maintenant, au contraire, je veux que ce soit japonais. Cela dit, je ne suis toujours pas douée pour les titres... Je suis bizarre, non ?
En tout cas, je constate que je suis maintenant très éloignée des histoires "ordinaires" se déroulant dans une école...

voilà comment je la dessine aujourd'hui ...

ELLE
HASEGAWA !
OUI ?
TU SOUHAITES INTÉGRER UNE UNIVERSITÉ EN CYCLE COURT ?
CE QUE JE DÉSIRE ...
...
JE LE SAIS ...
MAIS ...

AH ...
PARDON ...
J'AI PEUT-ÊTRE POSÉ LA QUESTION QU'IL NE FALLAIT PAS ...
NARUSE ...
DIS-MOI ...
TU AURAIS QUELQUES MINUTES À ME CONSACRER ?
AH ...
BOBOM
AH PARDON ! VAS-Y !
MERCI POUR TON AIDE ! SALUT !
...
PARDON ...

JE NE VEUX PAS QUE ...
TU T'EXCUSES ...
COMME ÇA !
merci pour la poubelle
AH ! DÉSOLÉE, SUI !
CLAC
TU VAS DEVOIR RENTRER SEULE !
JE SUIS APPELÉE EN SALLE D'ORIENTATION SCOLAIRE !
AH ...
tap
tap
tap
MAINTENANT ?
TU N'AS PLUS BESOIN D'Y ALLER ...
C'EST POUR UNE BROUTILLE !
AH ! C'EST VRAI !

TU N'AS PAS ENCORE RENDU TA FEUILLE D'ORIENTATION, N'EST-CE PAS ?
IL NE FAUT PAS QUE TU TRAÎNES TROP QUAND MÊME ...
OUI ...
CLAP

...
GNI...
...
clac
ÉCOUTE
POUR TOUT À L'HEURE ...
AH ! MON COURS DU SOIR VA COMMENCER !
AU REVOIR !
AH ... ATTENDS !

HUMF
POURQUOI ...
ELLE NE FAIT JAMAIS ATTENTION À MOI ?
NON, JE NE DOIS PAS Y PENSER
JE NE VEUX PAS Y PENSER !
À CET AVENIR QUI S'APPROCHE ...

À CE LENDEMAIN QUE JE N'ARRIVE PAS À SAISIR
IL Y EN A BEAUCOUP QUI NE VIENNENT PLUS À L'ÉCOLE
ILS PRÉPARENT LES CONCOURS À LA MAISON
DIS, SUI ...
QUOI ?
JE DOIS TE DIRE QUE ...
SUI !
...
OUI ?
ça va, toi ?
LA PROF T'APPELLE !

toc
toc
ÇA NE VA PAS DU TOUT
SI TU ÉTAIS MOTIVÉE, TU N'AURAIS PAS EU CETTE NOTE À L'EXAMEN BLANC
TU EN AS VRAIMENT ENVIE ?
JE N'EN AI PAS L'IMPRESSION ...
CETTE UNIVERSITÉ QUE TU SOUHAITES INTÉGRER ...
SERA BIEN TROP DIFFICILE POUR TOI !

CLAC
IL EST TARD !
QUE FAIS-TU ENCORE ICI ?
...
JE RECHERCHE ...
UNE UNIVERSITÉ CORRES-PONDANT À MON NIVEAU
AH ...
C'EST UNE BONNE CHOSE ...
MAIS TU DEVRAIS RENTRER MAINTE-NANT
TU RENTRES EN TRAIN, NON ? JE VAIS TE RACCOM-PAGNER
MAIS ARRÊTE !

LAISSE-MOI TRANQUILLE !
TU COMPRENDS ?
AH ...
OUI
ALORS ...
FAIS ATTENTION À TOI
clac

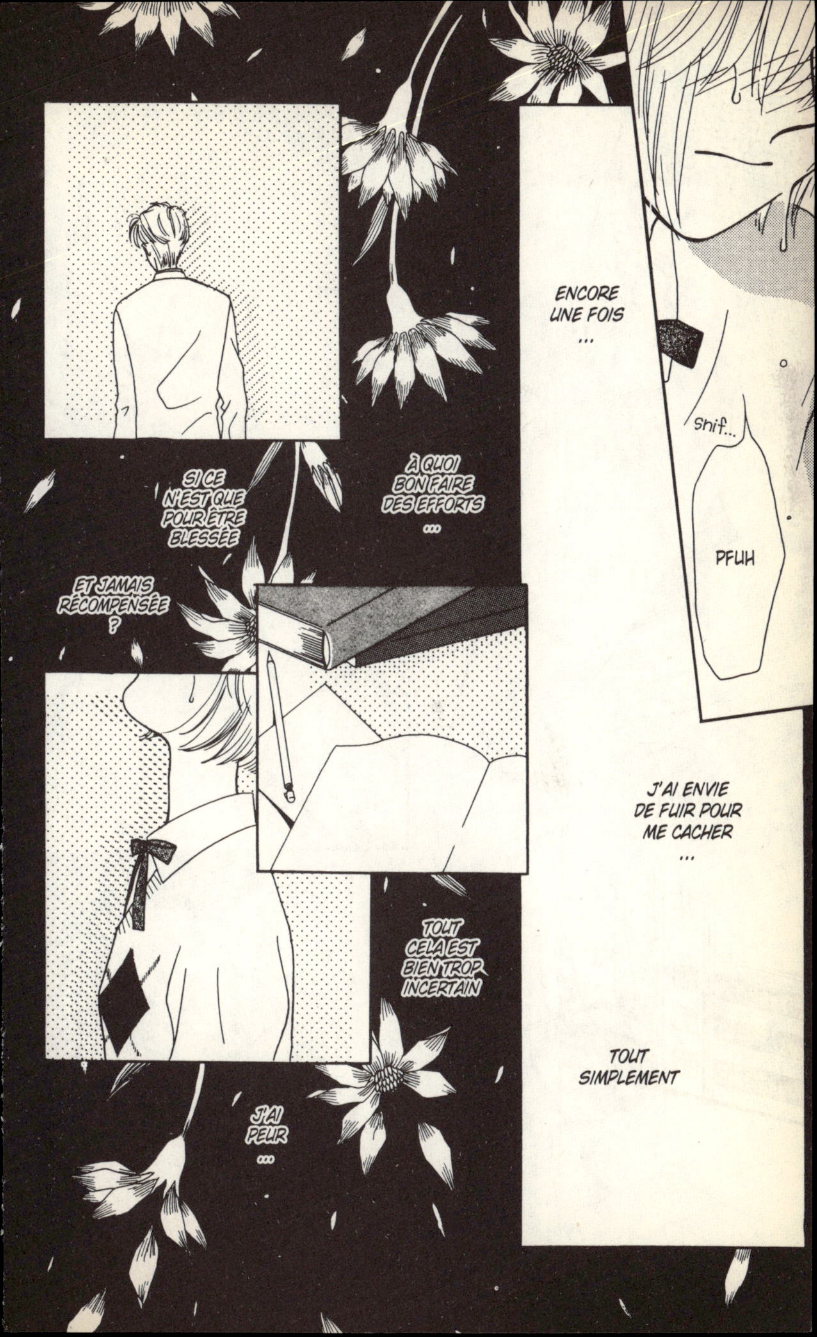
ENCORE UNE FOIS ...
Snif...
PFUH
J'AI ENVIE DE FUIR POUR ME CACHER ...
TOUT SIMPLEMENT
À QUOI BON FAIRE DES EFFORTS ...
SI CE N'EST QUE POUR ÊTRE BLESSÉE
ET JAMAIS RÉCOMPENSÉE ?
TOUT CELA EST BIEN TROP INCERTAIN
J'AI PEUR ...

ALORS JE RESTE LÀ, DEBOUT, COMME UNE IDIOTE
SHHH...

shh
shh
shh
IL PLEUT ...
TU AS APPORTÉ TON PARAPLUIE ?
OUI ...
shh...
shh...
SUI ?
OUI ...

JE NE VAIS PAS POUVOIR ...
TRAVAILLER DÈS LA SORTIE DU LYCÉE
JE DOIS ME FAIRE OPÉRER ...
HEIN ?
?!
ÇA FAIT QUELQUE TEMPS QUE JE SUIS MALADE ...
MES ARTÈRES VONT SE BOUCHER SI ON NE FAIT RIEN
ALORS, MES MUSCLES MOURRONT PETIT À PETIT ...

JE SUIS DÉSOLÉE DE NE JAMAIS T'EN AVOIR PARLÉ
...
UNE...
OPÉRATION ?
hi hi
CE N'EST PAS SI GRAVE
MAIS POURQUOI ?
COMMENT FAIS-TU POUR RESTER AUSSI CALME ?
J'AI PEUR ...
J'AI TRÈS PEUR ...
TU SAIS ...

CELA M'ANGOISSE ENCORE PLUS
MAIS ...
RESTER SANS RÉAGIR
SI ON NE VA PAS DE L'AVANT ...
ON NE PEUT RIEN FAIRE DE SA VIE

CETTE CHOSE QUE JE N'ARRIVE PAS À SAISIR ...
QUELQUE CHOSE RÉSONNE EN MOI !
CE QUE JE NE POUVAIS PAS SAISIR ...
À CAUSE DE CETTE INQUIÉTUDE
CETTE CHOSE ...
MAIS ÇA VA !
L'OPÉRATION DEVRAIT ÊTRE UN SUCCÈS !

ALORS
TOI AUSSI,
BON COURAGE
!
CE
MUR
...
SHHHH

SI JAMAIS TU MEURS, JE TE TUE ...
CÂLIN...
OUI, O.K., D'ACCORD ...
pof
pof
CE MUR QUI SE DRESSE DEVANT MOI
J'ENTENDS QUELQU'UN QUI S'ACHARNE À ESSAYER DE LE FAIRE TOMBER
ALORS ...
TU NE CHANGES PAS D'AVIS ?
NON
ÇA VA ÊTRE DIFFICILE

JE FERAI DE MON MIEUX !
MAIS QU'EST-CE QUI T'ARRIVE ?
TU N'ES PLUS LA MÊME !
AH ...
MAIS C'EST BIEN
IL VAUT MIEUX AGIR PLUTÔT QUE DE RESTER À NE RIEN FAIRE
QUE CE SOIT POUR LES ÉTUDES ...
OU EN AMOUR !

TIENS DONC, TU ROUGIS ?
hein ?!
LAISSEZ TOMBER ...
elle se moque de moi ?
J'AI COMPRIS QUE RIEN NE BOUGERAIT ...
SI JE RESTAIS À NE RIEN FAIRE ...
À CRAINDRE POUR MON AVENIR
...
JE NE PEUX PAS FAIRE DISPARAÎTRE CETTE INQUIÉTUDE, MAIS ...

NARUSE !
BON... BONJOUR NARUSE !
TU ES BIEN MATINALE AUJOURD'HUI
ÉCOUTE ... JE SUIS DÉSOLÉE ...
POUR L'AUTRE JOUR

MOI ...
J'AI TOUJOURS ÉTÉ ...
DEPUIS TOUJOURS ...
CE BRUIT QUE JE FAIS ...
EN FRAPPANT LE MUR
JE VEUX QU'IL CONTINUE À RÉSONNER !
NARUSE ... JE VOUDRAIS TE DIRE QUE ...
OUI, JE T'ÉCOUTE !
Knockin' on the Wall / Fin

LES MONOLOGUES TRÈS PRIVÉS DE NATSUKI TAKAYA
Pour votre dos fatigué, pour vos rhumatismes ou pour vos cures de remise en forme post-natales utilisez l'eau de Sarabina
Venez vous baigner dans les eaux de Sarabina !
YOUPI !
C'EST MOI, NATSUKI TAKAYA ! VOICI LE PREMIER VOLUME DE "CEUX QUI ONT DES AILES" ET MERCI POUR TOUT !
YOUPI !
MAIS À CHAQUE FOIS, JE ME CREUSE LA TÊTE POUR SAVOIR CE QUE JE VAIS PRÉSENTER ICI
pas un sujet tendancieux ...
sinon tout le monde fuirait ...
AH OUI ! ON ME DEMANDE SOUVENT DE DONNER DES INFORMATIONS SUR LES PERSONNAGES, GENRE GROUPE SANGUIN ET SIGNE ASTROLOGIQUE
oh !
MAIS JE NE SUIS PAS DOUÉE DU TOUT POUR ÇA !
J'aime réfléchir à ce qu'ils aiment ou à ce qu'ils détestent, leur donner une taille... mais je ne vais pas jusqu'à leur attribuer un signe astrologique !
VOUS N'AVEZ QU'À CHOISIR VOUS-MÊMES
ben voyons ...
mais tout ça, elle l'a déjà dit

DES PETITS BLABLAS...

J'ai une sorte d'adoration pour Raïmon. Ce n'est pas une adoration comme si je voulais en faire mon amoureux ! Mais j'aimerais devenir aussi audacieuse, forte et rusée ! Je suis jalouse de lui car il sait tout faire et il a toujours des solutions auxquelles on ne s'attend pas. Et aussi parce qu'il est très intelligent ! C'est en pensant des choses comme ça que je dessine Raïmon (rires). À propos, il y a beaucoup d'erreurs sur l'écriture du nom de Raïmon. Pour le caractère "raï", beaucoup utilisent celui qui signifie "tonnerre". Mais le bon idéogramme signifie en fait "frapper (un tambour)" ou "écraser (des céréales)".

Dans une lettre que j'ai reçue d'une fan, il était écrit qu'on pouvait avoir l'impression que Kotobuki faisait un cosplay en permanence. Cela m'a fait beaucoup rire. Je ne sais pas si je la fais se déguiser, et je crois que ce n'est pas le but, mais c'est vrai que je m'amuse à l'habiller différemment d'un chapitre à l'autre ! C'est un véritable plaisir pour moi. Si je dessine Kotobuki avec beaucoup de vêtements racoleurs, c'est pour que les garçons n'aient pas besoin de l'imaginer ainsi. Et puis surtout, c'est parce que ça me plaît ! Bravo, Natsuki Takaya, tu l'as enfin dit !! (rires)

Selon le projet initial, Kotobuki et Raïmon n'avaient pas du tout les caractères qu'ils ont aujourd'hui. Je voulais que Kotobuki soit quelqu'un de très calme et un peu lente dans ses actions. De l'autre côté, Raïmon aurait été un homme tout à fait comme les autres. Finalement, je me suis dit que ça ne serait pas drôle, ou peut-être même ennuyeux, alors j'ai changé d'avis. Et pouf ! Ils sont devenus comme ça tout d'un coup !

Au début, Shôka n'était pas aussi étourdie, mais elle a été très influencée par les changements du duo Kotobuki / Raïmon... Ah oui ! On m'a aussi demandé de donner des noms aux hommes de main de Shôka, mais je n'y ai pas encore réfléchi (rires)... La prochaine fois qu'ils apparaîtront, je donnerai leur nom, c'est promis (c'est quand la prochaine fois ?) ! Vous pouvez encore vous morfondre en attendant (rires) !

À l'époque à laquelle se déroule cette histoire, le monde est dévasté. Pourquoi ? Parce que j'aime ce genre d'ambiance. C'est tout... Depuis toujours, j'aime cette idée que les gens puissent être tous unis sur une terre vaste, où il n'y aurait rien. C'est pour ça que j'aime beaucoup les paysages de la Mongolie ! C'est un peu différent, mais il y a un roman intitulé "Histoire d'errance de quinze garçons" que j'ai lu de nombreuses fois... Puisqu'on parle d'histoires, cela fait maintenant un moment qu'un célèbre auteur de contes pour enfants, Michael Ende, est décédé. J'adore les œuvres d'Ende aussi. Dans "L'histoire sans fin", à un moment, le jeune garçon perd tout ce qu'il a. Mais il continue à marcher seul pour enfin rencontrer Uyulala... Ah ! Que d'émotions ! Il y a tellement de sensibilité dans ce chapitre... Restons à Ende, avec l'histoire "Momo" ! Le moment où il raconte comment nettoyer le chemin... C'est magnifique ! Si vous n'avez pas encore lu ces livres, foncez !! Plus on vieillit, plus ces histoires nous rendent nostalgiques... Je crois.

Oups ! J'ai beaucoup dévié par rapport au sujet initial...

MERCI BEAUCOUP À TOUS !

Je suis très contente que "Ceux qui ont des ailes" soit publié en volumes reliés ! C'est mon quatrième tankôbon... Cela a pu être réalisé uniquement grâce au soutien de nombreuses personnes. C'est donc pour cela que je vous remercie, vous tous, bien que ce soit fait de manière très simple... Merci !

NATSUKI TAKAYA

Les monologues très privés de Natsuki Takaya // Fin

CATALOGUE MANGA

AKATA

CHEZ LE MÊME ÉDITEUR

DELCOURT

...
KOTOBUKI ?
Raï-mooooon !
HUM...
DÉSOLÉ, TU N'ES PAS BLESSÉE ?
ÇA FAIT SIX MOIS QU'ON NE S'EST PAS VUS ...
TU AS RÉUSSI À VOLER DES OBJETS DE VALEUR ?
POUR QUI TU ME PRENDS ?
J'ARRIVE PAS À CROIRE QUE TU SOIS UN DES CAPITAINES LES PLUS IMPORTANTS DE LA POLICE MILITAIRE !
VA FAIRE TON BOULOT !
SI JE LE FAISAIS SÉRIEUSEMENT ...
JE DEVRAIS T'ARRÊTER TOUT DE SUITE, MA PETITE KOTOBUKI
TU ES VRAIMENT UNE PIÈTRE VOLEUSE ...
TU N'ES BONNE QU'À DÉROBER DE LA CAMELOTE
HA HA HA
FINALEMENT, TA SEULE SPÉCIALITÉ, C'EST D'ÊTRE AUSSI RAPIDE QU'UN SINGE
HA
HA
DÉSOLÉÉÉÉE !

TU ME SUIS DEPUIS DEUX ANS ET DEMI ...
ALORS SI J'ARRIVE TOUJOURS À M'ENFUIR, C'EST PARCE QUE ...
JE TE LAISSE FUIR !
il m'énerve !
GRRRR
Je vois
ÇA FAIT PLAISIR !
IL EST TOUJOURS COMME ÇA ...
AUSSI IRRESPONSABLE QUE MESQUIN
J'ESPÈRE VRAIMENT QUE TU FINIRAS PAR ÊTRE MUTÉ DANS UN VILLAGE PAUMÉ EN PLEIN CAMBROUSSE !
...
PUISQUE TU ES INSOLENTE, NOUS ALLONS FAIRE UN PARI
HEIN ?!
SI JAMAIS JE T'ATTRAPE ...
MAIS LORS DE NOTRE PROCHAINE RENCONTRE ...
FUIS TANT QUE TU PEUX ...

TU VAS LA FERMER ?! JE PARTICIPERAI JAMAIS À CE GENRE DE PARI DÉBILE !
... EH
he !
TU M'AS FAIT PEUR !
pof
JE CROYAIS QUE TU DORMAIS ...
oh là !
J'AI FAIT UN CAU-CHEMAR
POURTANT, CELA FAIT DÉJÀ TROIS MOIS ...
OUI, CELA FAIT BIEN TROIS MOIS
LE TEMPS QU'ON RENTRE ET CE SERA LA FIN DE LA PAUSE
beuh ...
br
br
DEPUIS L'ÂGE DE SIX ANS, JE N'AI FAIT QUE VOLER POUR ME NOURRIR ...
C'EST LE SEUL MOYEN QUE J'AVAIS POUR SURVIVRE DANS CE MONDE INGRAT
QUAND ON N'A PAS D'ARGENT, IL EST BIEN DIFFICILE DE TROUVER OÙ DORMIR ET DE QUOI MANGER
J'AI TOUJOURS SURVÉCU COMME ÇA
MAIS !

J'AI FINALEMENT RÉUSSI À TROUVER UN BOULOT !
SNIIIF
ça va ?
CE FUT LONG ...
MAIS APRÈS SEIZE LONGUES ANNÉES À CHERCHER UN TRAVAIL, ME VOILÀ RÉCOMPENSÉE
QU'EST-CE QUE TU ATTENDS, KOTOBUKI ?!
APPORTE-MOI IMMÉDIATEMENT DES BÛCHES !
OUI, J'ARRIVE ...
LE PATRON EST IRRITANT ET LE TRAVAIL DIFFICILE ...
fh
fh
KOTOBUKI, APPORTE-MOI DES ASSIETTES !
ET PUIS VA RÉPARER LE TROU DANS LE TOIT !
ha ha ha ha ha ha ha
D'ACCORD ...
IL T'EXPLOITE, NON ?
TU VAS FINIR PAR TOMBER MALADE
c'est pas grave !
CAR J'AI UN TRAVAIL !!
MAIS C'EST FINALEMENT BIEN PLUS AGRÉABLE QUE DE VOLER

CLING
MAIS ...
C'EST SUPER DANGEREUX CE QUE TU VIENS DE FAIRE, LE VIOQUE !
un peu plus et elles tombaient !
C'EST COMME ÇA QUE TU PARLES À UN CLIENT ?
C'EST LE HASARD QUI M'A AMENÉE ICI
MAIS NE CROYEZ PAS QUE J'AI FUI ...
EN PLUS, JE SUIS LOIN DE L'ENDROIT OÙ SE TROUVE RAÏMON
hop
IL NE M'ATTRAPERA JAMAIS !
DOH
WAOUH !
EH TOI, LA TRAÎNARDE ! QUAND VAIS-JE AVOIR MON REPAS ?!
MERCI !
KOTOBUKI ?
MAIS POUR QUI IL SE PREND ? IL N'EST QUE L'HOMME LE PLUS RICHE DE NOTRE VILLE, C'EST PAS SI EXCEPTIONNEL ...
BON, DONNE-MOI ÇA, JE VAIS LUI APPORTER SON ASSIETTE
HUMF
KOTOBUKI !!
C'EST POUR ÇA QUE LES PAUVRES RESTENT TOUJOURS DES PAUVRES
pfuh !
JE SUIS DÉSOLÉE ...

C'EST BIEN TOI, KOTOBUKI LA VOLEUSE ?
VAM
?!
BEUH !
JE NE ME SUIS DONC PAS TROMPÉE !
ENCHANTÉE, JE M'APPELLE SHÔKA
JE FAIS LE MÊME MÉTIER QUE TOI
JE PEUX TE PARLER UN INSTANT ?
POURQUOI UNE VOLEUSE COMME TOI TRAVAILLE DANS UN ENDROIT PAREIL ?
... JE NE SUIS PAS FAITE POUR ÊTRE VOLEUSE, VOILÀ TOUT
DIS-MOI PLUTÔT DE QUOI TU VOULAIS ME PARLER ?

J'AI ENTENDU BEAUCOUP DE CHOSES À TON SUJET
TU AS LA GRÂCE DE LA JEUNESSE, MAIS AVANT TOUT, TU ES ...
LESTE COMME UN SINGE !
MAIS POURQUOI TOUT LE MONDE SE MOQUE DE MOI ?
GRRR !
BIEN QUE TU SOIS UNE VOLEUSE ASSEZ LIMITÉE, TON AGILITÉ EST PRÉCIEUSE
PLUTÔT QUE DE GÂCHER TON TEMPS ICI, POURQUOI NE NOUS REJOINDRAIS-TU PAS ?
TU POURRAIS NOUS AIDER À TROUVER LES "AILES" !
LES "AILES" ? TU PARLES DE CES FAMEUSES "AILES" ?
OUI, CELLES DE LA LÉGENDE
TU LES RECHERCHES ?
IL Y A BEAUCOUP DE GENS QUI LES CHERCHENT. TU N'ES PAS AU COURANT ?
ON DIT MÊME QUE L'ARMÉE S'Y INTÉRESSE SECRÈTEMENT ...
UNE LÉGENDE URBAINE RACONTE ...
... QU'IL Y A LONGTEMPS, TRÈS LONGTEMPS, EXISTAIT UN PETIT VILLAGE PARTICULIÈREMENT PAUVRE
MAIS UN JOUR, SORTANT DE LA TERRE ...

... APPARURENT D'INNOMBRABLES AILES LUMINEUSES
ELLES EXAUCÈRENT LES VŒUX DE TOUS LES VILLAGEOIS. CERTAINS DEVINRENT MILLIONNAIRES TANDIS QUE D'AUTRES OBTINRENT L'IMMORTALITÉ
ET PUIS LES AILES DISPARURENT
PERSONNE NE SAIT VRAIMENT À QUOI RESSEMBLENT RÉELLEMENT CES AILES ET POURQUOI ON LES APPELLE AINSI ...
MAIS ON DIT QU'ELLES SONT CACHÉES QUELQUE PART SOUS TERRE ET QUE CELUI QUI S'EN SAISIRA ...
... POURRA RÉALISER TOUS SES RÊVES
JE VIENS JUSTE DE TROUVER UN TRAVAIL, ALORS ÇA NE M'INTÉRESSE PAS
DÉSOLÉE !
TU NE DEVRAIS PAS PRENDRE NOTRE CHEF À LA LÉGÈRE ...
BAH !
QUELLE ENFANT STUPIDE ! CESSE DE FAIRE SEMBLANT D'ÊTRE FORTE
hi hi
PARDON ? TU INSINUES QUE ...
PEU IMPORTE. MAIS SACHE QUE JE NE REPARTIRAI PAS LES MAINS VIDES
NOUS NOUS REVERRONS ...

... OUAIS, TU SAIS, ELLE EST TRÈS LENTE ET ELLE VISE SUPER MAL !!
MAIS POURQUOI TU LUI DIS TOUT ÇA ?!
tu veux une tor-gnole ?
N'IMPORTE QUOI ...
tac
JE N'AVAIS JAMAIS IMAGINÉ QU'IL Y AVAIT DES GENS QUI LES CHER-CHAIENT VRAI-MENT ...
"CESSE DE FAIRE SEMBLANT D'ÊTRE FORTE"
POUR QUI ELLE SE PREND ?!
J'AI TOUJOURS VÉCU SEULE ...
ET JE NE POUVAIS AVOIR CONFIANCE QU'EN MOI-MÊME POUR SURVIVRE CHAQUE JOUR
J'AURAIS EU BEAU ME PLAINDRE, PERSONNE NE SERAIT VENU À MON AIDE
tac
toc
toc
LES "AILES" ...
QUI PERMET-TENT DE RÉALISER TOUS NOS VŒUX ...
STING
LE PATRON ?!
zut !
NON NON NON NON
MAIS POURQUOI JE PENSE À LUI ?!
AH NON ! AU BOULOT !!
KOTOBUKI ?
JE SUIS EN TRAIN DE RÉPARER LE TOIT ...
...
hein ?

SLIP
RAÏ...
OH !
C'EST RAÏMO-OON ?!
SALUT !
ÇA FAISAIT LONG-TEMPS !
MAIS C'EST VRAI-MENT LUI !
MAIS QUE FAIT-IL ICI ?!
TOI ...
POURQUOI ...
MAIS POURQUOI JE TREMBLE ?
JE SUIS EN PERMIS-SION
ET TU VIENS DANS UN VILLAGE PAUMÊ EN PLEINE CAMPAGNE ?
KOTOBUKI !

ÇA ALORS, TU PORTES UNE GAINE, TOI ?!
QUOI ... TU L'AS VUE ?
MAIS J'AI PAS REGARDÉ EXPRÈS ...
IL TE SUFFISAIT DE FERMER LES YEUX !!
ah oui !
MAIS ...
AU FAIT ...
À PROPOS DE CE PARI ... TU ÉTAIS SÉRIEUX ?
UN PARI ?
DE QUOI TU PARLES ?
... J'AU-RAIS DÛ M'EN DOUTER
PFUH
TU ES TELLEMENT PUÉRIL
ET MOI QUI CROYAIS QUE TU ÉTAIS SÉRIEUX QUAND TU DISAIS ÇA ...

EN FAIT TU L'AS OUBLIÉ !
TU ES VRAIMENT TROP IRRESPON-SABLE !
POURTANT, ON ME CONFIE BEAUCOUP DE CHOSES À FAIRE
C'EST BIEN !
cr cr
cr cr
LAISSE TOMBER !
DE TOUTE FAÇON, JE N'AI PLUS RIEN À FAIRE AVEC LA POLICE DE L'ARMÉE
AU FAIT, TU TRAVAILLES DANS CETTE AUBERGE ?
BAH ...
TU POURRAS M'APPORTER MON PETIT-DÉJEUNER DANS MA CHAMBRE ?
MAIS ALORS TU DORS ICI ?!
C'EST PAS CE QUE ...
MAIS !
com-ment il sait
PFUH !
J'ÉTAIS TELLEMENT ÉNERVÉE QUE JE N'AI PAS RÉUSSI À DORMIR ...
POURQUOI A-T-IL FALLU QU'IL VIENNE ICI ?
KOTOBUKI ...
les courses du matin

CEUX QUI ONT DES AILES

—1—

Bonjour, ou enchantée ! C'est Natsuki Takaya ! Voici le quatrième tankôbon depuis mes débuts, il s'agit du premier volume de "Ceux qui ont des ailes". Si vous le comparez avec la série "Illusions et rêves", vous serez certainement très étonnés car ces deux mangas sont très différents. Mais sachez que cela ne dérange pas du tout l'auteur, c'est-à-dire moi... Depuis quelque temps, je dessine ces deux séries en parallèle, alors c'est un peu confus pour moi. Dans "Les ailes", tous les personnages sont très positifs et aussi très bavards – sauf peut-être Raïmon, qui lui ne l'est pas beaucoup (rires) – et je serai vraiment très heureuse que les gens retrouvent un peu de bonne humeur en lisant ce manga ! Maintenant, bonne lecture !

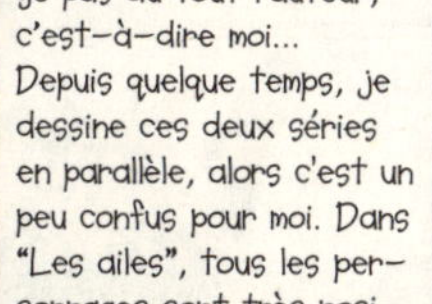

PARCE QUE ...
...
ÇA SERAIT ...
TRÈS HUMILIANT !
KOTOBUKI ?
mais attends !
DEPUIS NOTRE PREMIÈRE RENCONTRE, IL N'A PAS CHANGÉ ...
HA HA HA
AUSSI IRRESPONSABLE QUE MESQUIN
JE NE L'AI JAMAIS VU SÉRIEUX UNE SEULE FOIS
HA HA
COMMENT POURRAIS-JE LUI POSER UNE QUESTION PAREILLE ?!
pfuh !
QUELLE BLAGUE !
IL SE FERAIT DES IDÉES APRÈS ...
ENCHANTÉ !
TU T'APPELLES KOTOBUKI ? QUE TU ES MIGNONNE !
T'ES BÊTE OU QUOI ?! POURQUOI TU M'ARRÊTES PAS ?
JE LE FERAI ...
UN JOUR ...
ÇA SERAIT TROP HUMILIANT !
CLAC
AAAH !
CLING

-2-
Lorsque je suis allée chez Madame F, ma consœur, on m'a fait un grand "booing", parce que mon autoportrait qui revient dans toutes mes séries ne me ressemble pas du tout !
la vérité
c'est pas bien de mentir
elle a un regard sournois, et ses cheveux sont décolorés en châtain
elle avait encore des cheveux longs
il faut mettre une trame grise pour tes cheveux
bla
bla
bla
L'argument de Natsuki Takaya
c'est trop pénible ...
... de mettre des trames
pfuh
Natsuki Takaya : elle ne prend jamais une seule minute pour s'occuper d'elle
Et le "booing" devient général
BLA
BLA
BLA
BLA
sinon, je vais dévoiler à tout le monde ta vie, avec quelques mensonges ...
maintenant, tu dois dessiner la vérité !
pof
NOOON !
il paraît qu'elle cache des choses pas très nettes
TWANG
QUOI ?!
UNE LETTRE ?
à l'ancienne
TU CROIS QU'IL FAUT LA LIRE ?
attention !
"KOTOBUKI APPORTE LE MALHEUR. ALORS SI VOUS NE LA LICENCIEZ PAS IMMÉDIATEMENT" ...
MAIS ...
C'EST QUOI ÇA ?!
... tooobuuukiiiiiiii ?!
patron
pof
AH !
C'EST CETTE FEMME ...
SHÔKA !
la garce ...
KO ...
c'est quoi, ça ?
... explique-moi !
...
mais ...
MAIS PATRON, ATTENDEZ !

hein ?
TU SAIS COMBIEN ÇA COÛTE UNE VITRE AUJOURD'HUI ?
tais-toi !
MAIS JE LA REMBOURSERAI EN TRAVAILLANT !
VOUS N'ALLEZ QUAND MÊME PAS ME VIRER ?!
BLAM
JE NE VEUX PLUS ÊTRE IMPLIQUÉ DANS DES AFFAIRES DOUTEUSES !
EH !
BOUM BOUM BOUM BOUM BOUM BOUM
ATTENDEZ ! JE N'AI MÊME PAS REÇU MON SALAIRE !
ET JE N'AI MÊME PAS PRIS MON PETIT-DÉJEUNER ...
VA-T'EN !!
spouf
ET MERDE ...
JE SAIS BIEN QUE C'EST MON PASSÉ QUI ME RATTRAPE
MAIS ...
ET DIRE ...
QUE JE VOULAIS SIMPLEMENT GAGNER MA VIE HONNÊTEMENT
POF
J'AI FAIT TANT D'EFFORTS ...
DANS UN MOMENT COMME CELUI-LÀ ...
J'AI ENVIE ...
DE ME SENTIR PROTÉGÉE

HUMF
apparition
AM
TAD
TONG
TONG
MAIS POURQUOI JE PENSE À LUI ?!
TONG
TONG
BON, CE N'EST PAS EN ME PLAIGNANT QUE JE VAIS REMPLIR MON ESTOMAC !
JE NE DOIS PAS PERDRE COURAGE !
ZOUIF
...
AUJOURD'HUI, JE DOIS DONC REPRENDRE MON ANCIEN MÉTIER ...
JE CROIS ...
EN ATTENDANT ...
GROUIIIK
J'AI TOUJOURS FAIM
C'EST VRAI, MONSIEUR ?!
quoi ?!
BOBOM
IDIOT ! TU PARLES TROP FORT !
oui ...
!
C'EST L'HOMME RICHE D'HIER ...
EN TOUT CAS ...
C'EST MAGNIFIQUE !

HEIN ?
L'ARMÉE CHERCHE À LES OBTENIR ?
ON DIT MÊME QUE L'ARMÉE S'Y INTÉRESSE SECRÈTEMENT ...
AH !
ILS PARLENT ...
DES "AILES" ?!
TU CROIS ?
JE ME RÉJOUIS DÉJÀ EN PENSANT À LA SOMME QU'ILS VONT ME PROPOSER
C'EST UNE CHOSE UNIQUE AU MONDE
MAIS DE QUOI PARLENT-ILS ?
... !
VROOUUM
MAIS CHUUUT ! IL NE FAUT SURTOUT PAS CRIER !
HUMF ! HUMF !
KOTOBUKI, TU AS ÉTÉ LICENCIÉE ?
CÂLIN
MA PAUVRE PETITE !
LÂCHE-MOI !!
ha

POUR TA GOUVERNE, SACHE QUE JE SUIS DE NOUVEAU UNE VOLEUSE À PARTIR AUJOURD'HUI !
ALORS JE N'AI PAS L'INTENTION D'ÊTRE PROCHE D'UN MILITAIRE !
TU VAS DONC DEVOIR FAIRE BIEN DES EFFORTS POUR ÊTRE UNE VOLEUSE UN PEU PLUS COMPÉTENTE ...
HOP !
BIEN SÛR QUE JE VAIS EN FAIRE !!
POURQUOI TU FAIS LE SINGE ?
TU AS PEUR ?
TU TREMBLES
COURAGE ! JE VAIS SÛREMENT TROUVER DES CHOSES À VOLER ...
ET JE DEVIENDRAI TRÈS HABILE !
GLOUPS
BAH !
TSA
IMBÉCILE ! QUI A PEUR ?!
EN TOUT CAS, MOI ...
TU VAS PÉNÉTRER CHEZ CET HOMME POUR LE VOLER ?
EUH ...
comment tu le sais ?
c'est évident !
JE NE SAVAIS PAS QUE TU T'INTÉRESSAIS AUX "AILES" ...
bah ...
J'AI JUSTE ENVIE DE SAVOIR À QUOI ELLES RESSEMBLENT ...
c'est tout

ALORS JE T'ACCOMPAGNE !
HEIN ?!
MAIS T'ES UN MILITAIRE !!
JE SUIS EN PERMISSION
ET TU COMPTES COLLABORER AVEC UNE VOLEUSE ?
idiot !
MOI, JE NE VOLERAI RIEN
JE ME CONTENTERAI DE REGARDER...
IL N'A DONC AUCUNE FIERTÉ, POUR UN MILITAIRE ?!
BEUH
?
?!
CE SONT LES AGENTS DE POLICE RESPONSABLES DE LA SÉCURITÉ DE CETTE RÉGION
tiens !
ÇA SE COMPLIQUE...
POURQUOI TU ME SUIS ?
bah ?
PARCE QUE ...
LE CAPITAINE JURGEN VA S'ENNUYER DANS CETTE CAMPAGNE ISOLÉE !
très citadin
TAP
ZUT !
faut pas que je traîne ...

zouif
JE VEUX ÊTRE AVEC TOI, MA PETITE KOTOBUKI
...
TU DIS ÇA, MAIS ...
TU VAS L'OUBLIER AUSSI VITE QUE CE PARI ...
...
...
POURQUOI PASSES-TU DU TEMPS AVEC MOI ? JUSTE POUR TE DISTRAIRE ?
JE NE SUP-PORTE PLUS CETTE SITUATION
DEPUIS QUAND JE ME LAISSE FAIRE ?
QUELLE HONTE ! C'EST TOUJOURS MOI QUI SUBIS !
JE VOUDRAIS SAVOIR CE QU'IL PENSE VRAIMENT DE MOI ...
AVEC LES "AILES" ...
JE POURRAIS CONNAÎTRE TRÈS FACILEMENT SON CŒUR
OUI, AVEC LES "AILES" ...

CHEF !
KOTOBUKI SE DÉPLACE ...
AH BON ?
NOTRE PETIT MESSAGE A DONC EU DE L'EFFET ...
ON VA LA SUIVRE. JE VAIS LA HARCELER JUSQU'À CE QU'ELLE ACCEPTE DE NOUS REJOINDRE
MAIS IL Y A UN HOMME AVEC ELLE ...
DÉBROUILLEZ-VOUS POUR QU'IL DISPARAISSE !
allez !
MAIS POURQUOI C'EST TOUJOURS À NOUS DE FAIRE LE SALE BOULOT ?
IL VAUT MIEUX QUE CE SOIT NOUS, SINON ELLE S'ÉNERVE ET ELLE JETTE DES GRENADES N'IMPORTE COMMENT !
elle ne sait pas bien s'en servir
C'EST DONC LA MAISON DE CET HOMME ?
et alors ?
COMMENT Y ENTRER ?
MA PAROLE ! TU VAS VRAIMENT VENIR AVEC MOI ?!

C'EST DE LA NOURRITURE LYOPHILISÉE
MIAM
JE PEUX VENIR AVEC TOI ?
ALORS ?
...
JE PEUX ?
FAIS COMME TU VEUX !
CATCH
youpi !
...
BON, ON Y VA ?
SPOF
ZOUIF

zuif
JE PASSE EN PREMIER ?
ha
ON DOIT Y ALLER EN DESCENDANT CE CÂBLE ...
TIENS, TU PORTES UNE GAINE, TOI ?
BLUSH
NON ! J'Y VAIS D'ABORD !
t'as pas le choix !
COMME TU VEUX ...
IL FAUT QUE ...
JE CHANGE DE VÊTEMENTS
ÇA VA PRENDRE BEAUCOUP DE TEMPS ...
POUF
POUF
PIF
mais !
MAIS QU'EST-CE QUE TU FAIS ?!
TIENS !
ET SI ON ALLAIT REGARDER ÇA ?
HEIN ...

JE COMPRENDS ...
QU'EST-CE QUE TU COMPRENDS ?
CET HOMME EST UNE GROSSE POINTURE DU MARCHÉ NOIR, IL REVEND DES OBJETS QU'IL A OBTENUS ILLÉGALEMENT ...
ET PUIS IL TRICHE DANS SES DÉCLARATIONS D'IMPÔTS
oh là !
FLAP
FLAP
FLAP
MAIS ÇA NOUS SERT À RIEN DE SAVOIR TOUT ÇA !
KOTOBUKI ?
ON NE BOUGE PLUS !!
!
QU'EST-CE QUE VOUS FAITES ICI ?!
PARLEZ !
IL NOUS A REPÉRÉS ...
...
ET VOILÀ ...
ENCORE UNE FOIS, JE ME SUIS FAIT ...
OUBLIONS ÇA ...
IL FAUT UNE LICENCE POUR PORTER DES ARMES À FEU
délivrée par l'armée

VOUS L'AVEZ OBTENUE ILLÉGALEMENT, HEIN ?
c'est pas bien ...
tai-sez-vous !
VOUS N'AURIEZ JAMAIS DÛ VOIR TOUT ÇA, JE VAIS VOUS TUER !
pourquoi restez-vous si calmes ?
TSING
ACCORDEZ-MOI AU MOINS UNE DERNIÈRE VOLONTÉ ...
OÙ SE TROUVE CE "TRÉSOR UNIQUE AU MONDE" ?
ah !
C'EST ÇA QUE VOUS ÉTIEZ EN TRAIN DE CHERCHER ?
IL N'EST PAS ICI, JE LE CACHE DANS UN ENDROIT PLUS SÛR ...
À L'ENDROIT ...
OÙ VOUS ORGANISEZ HABITUELLEMENT VOS VENTES CLANDESTINES ?
GEUH !
NE TE SENS PAS OBLIGÉ DE LUI DIRE TOUT CE QUE TU SAIS ...
JE SAIS BIEN QUE TU VEUX LUI EXTIRPER DES INFOS, MAIS IL A L'AIR UN PEU TROP BÊTE POUR ÇA ...
ne l'excite pas trop, il a un pistolet !
ES-PÈCE DE ...
ON DIRAIT QU'IL CACHE DES INDICES POUR TROUVER LES "AILES" !!
?!
JE NE VOUS DONNERAI RIEN !
NI CET OBJET NI DE L'ARGENT !
TOUT CELA M'APPARTIENT !
hum

QUOI!!!?!
ILS SONT OÙ ?
OÙ ÇA ?
DIS-MOI, TU SAVAIS QU'ON ÉTAIT SUIVIS ?
OUI ...
IL A PERDU CONNAISSANCE
ALORS ON NE PEUT PAS L'INTERROGER
zut !
KOTOBUKI, OÙ ...
AAAH !
GLOUPS
raï...
RAÏMON ?!
mais
TU LA CONNAIS ?
OUI
MAIS QU'EST-CE QUE TU FAIS ICI ?
ALORS QUE ÇA FAIT DÉJÀ DEUX MOIS ...
QUE TU AS QUITTÉ L'ARMÉE !

...
ha !
TU RACONTES N'IMPORTE QUOI ! IL EST EN PERMISSION !
BEN VOYONS ...
JE SAIS QUE J'AI RAISON, CAR C'EST ARRIVÉ LE JOUR OÙ IL M'A ARRÊTÉE ...
JE VAIS TE RELÂCHER ...
c'était une sale journée ...
TU COMPTES ABANDONNER TA BRILLANTE CARRIÈRE D'ÉLITE ?
OUI, J'AI UNE AUTRE CHOSE À FAIRE
... ET APRÈS CETTE FAUTE PROFESSIONNELLE, PERSONNE NE CHERCHERA PLUS À ME RETENIR
ET PUIS IL A DÉMISSIONNÉ ...
C'EST VRAI ?
MOUAIS ...
POURQUOI ...
M'A-T-IL
MENTI ?
S'IL A TOUJOURS NÉGLIGÉ SON TRAVAIL ...
C'EST PARCE QU'IL AVAIT D'AUTRES OBJECTIFS ?
"MAIS LORS DE NOTRE PROCHAINE RENCONTRE SI JAMAIS JE T'ATTRAPE" ...

JE SUPPOSE QUE CE PARI AUSSI ...
TU L'AS OUBLIÉ ?
EN TOUT CAS, C'EST MOI QUI VAIS RÉCUPÉRER CES FAMEUX INDICES ...
je n'ai pas peur de Raïmon
JE N'AI DONC PLUS BESOIN DE KOTOBUKI ...
VLAF
écoutez-moi !
EEEEH !
LES "AILES" ...
SONT À MOI !
VLASH
BOOM
AH !
J'EN AI MARRE DE CES "AILES" !
AÏE !
mes yeux ...
ELLE NE SAIT VRAIMENT PAS VISER
QUE FERIEZ-VOUS À MA PLACE ?
MAIS VOUS, LES "AILES" ...
AAAAH !
RAÏMON ...
OÙ ES-TU ?

!!
tip
tip
MENTEUSE ! TU AS DIT QUE ÇA T'INTÉRESSAIT PAS ...
ALORS QUE TOI AUSSI, TU LES VEUX !
BIEN ÉVIDEMMENT ! AVEC LES "AILES", ELLE POURRAIT DEVENIR RICHE SANS AVOIR BESOIN DE VOLER
ELLE POURRAIT MÊME AVOIR TOUT CE QU'ELLE VEUT ...
SANS FAIRE AUCUN EFFORT !
AU FOND, L'ÊTRE HUMAIN ASPIRE À CETTE VIE FACILE
DANS CES CONDITIONS, POURQUOI TRAVAILLER DUR ?
ÇA SERAIT INUTILE ...
ELLE A RAISON ...
notre chef est vraiment une femme démoniaque !
la ferme !
JE NE PEUX RIEN FAIRE DE MOI-MÊME, JE NE SUIS PAS ASSEZ DOUÉE POUR ÇA ...
MAIS SI JAMAIS JE ME PLAIGNAIS DE CELA ...
EN FAIT ...
J'AURAIS L'IMPRESSION DE NE PLUS POUVOIR ME LEVER

JE FAISAIS SEMBLANT D'ÊTRE FORTE ...
DOM
MAIS MOI ...
CATCH
JE VEUX OBTENIR CE QUE JE DÉSIRE ...
SANS L'AIDE DE PERSONNE !
ON Y VA ?
...
IL M'ÉNERVE CELUI-LÀ !
KOTOBUKI ÉTAIT LÀ AVANT TOI
MAIS ...
SBIM
ageuh
CHEF ! ÇA VA ?
la honte !!

POUF
AÏE !
AH !
D'OÙ VENAIT CETTE EXPLOSION ?!
DES AGENTS DE POLICE !
GRAND CAPITAINE RAÏMON ?!
VOUS ÊTES BIEN RAÏMON SHIRAGI ?
...
REGARDE, C'EST ICI QUE SE CACHE CE FAMEUX OBJET ...
HEIN ?
JE VAIS M'OCCUPER D'EUX ...
PARS AVANT QU'ILS NE S'INTÉ-RESSENT À TOI !
AH, D'ACCORD ...
CELA FAISAIT LONGTEMPS, CAPITAINE JURGEN
BIEN LE BONJOUR, MAIS ...
NOUS ÉTIONS JUSTEMENT À VOTRE RECHERCHE
... VEUILLEZ MONTER DANS CETTE VOITURE
HEIN ?
MAIS ...
QU'EST-CE QUE CELA ...
SIGNIFIE ?

IL VA ÊTRE EMMENÉ DANS LES LOCAUX DE L'ARMÉE ?
VRAIMENT ?
MAIS ...
AVEC LES "AILES", ON PEUT RÉALISER TOUS NOS SOUHAITS ...
SANS AUCUN EFFORT
MAIS MOI ...
JE VEUX OBTENIR CE QUE JE DÉSIRE ...
SANS L'AIDE DE PERSONNE !
C'EST BIEN !

RAÏMON !
SH
DASH
EH, VOUS ! ATTENDEZ-MOIII !
JE SUIS NULLE ...
MAIS C'EST QUI CETTE GAMINE ? QU'EST-CE QU'ELLE VEUT AU GRAND CAPITAINE ?
quelle familia-rité !
JE ME SUIS FAIT VIRER, JE N'ARRIVE PAS NON PLUS À VOLER ...
MAIS AU MOINS, JUSQU'À MAINTENANT, J'AI TOUJOURS FAIT DES EFFORTS !
hein ?!
ALORS ...
IL FAUT QUE JE LUI DEMANDE ...
...
CE QU'IL PENSE DE MOI !

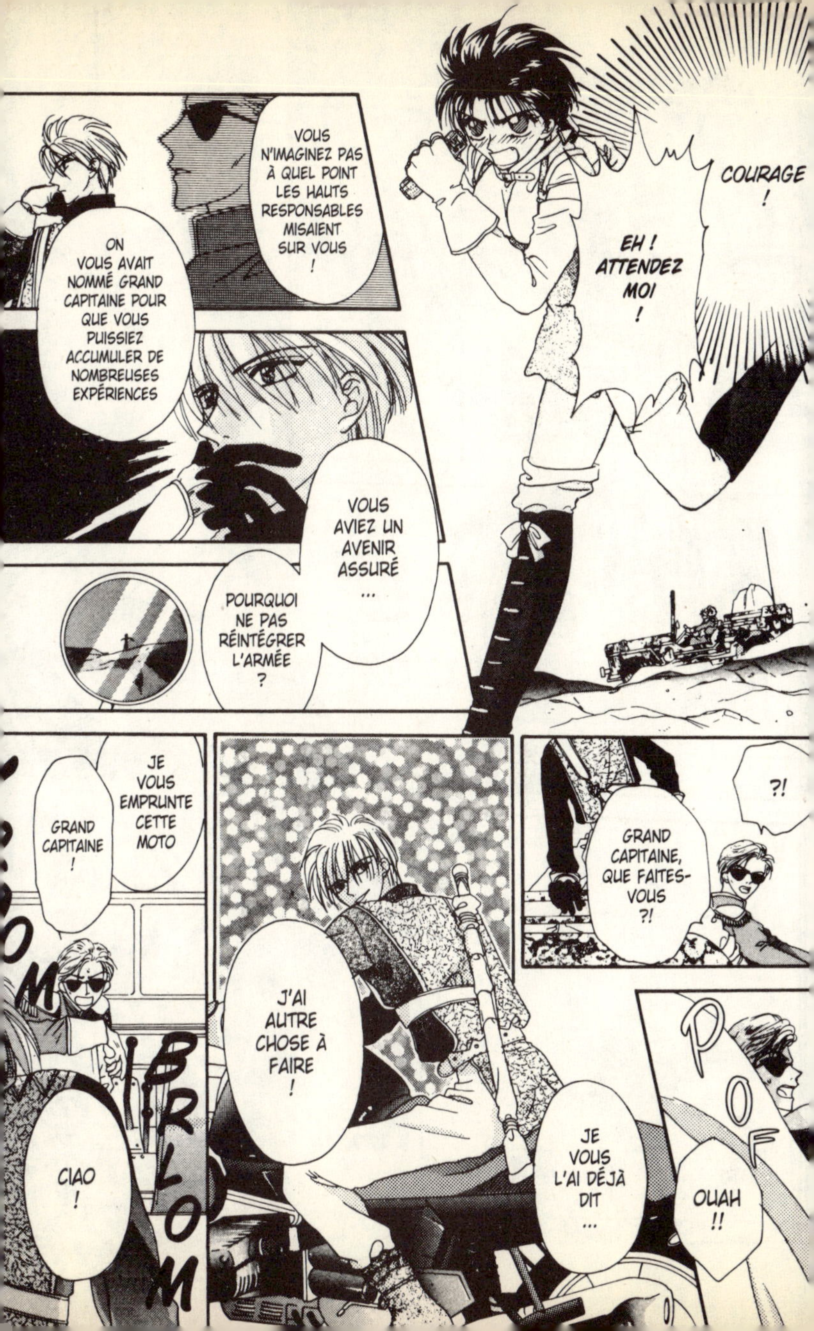
COURAGE !
EH ! ATTENDEZ MOI !
VOUS N'IMAGINEZ PAS À QUEL POINT LES HAUTS RESPONSABLES MISAIENT SUR VOUS !
ON VOUS AVAIT NOMMÉ GRAND CAPITAINE POUR QUE VOUS PUISSIEZ ACCUMULER DE NOMBREUSES EXPÉRIENCES
VOUS AVIEZ UN AVENIR ASSURÉ ...
POURQUOI NE PAS RÉINTÉGRER L'ARMÉE ?
?!
GRAND CAPITAINE, QUE FAITES-VOUS ?!
J'AI AUTRE CHOSE À FAIRE !
POF
OUAH !!
JE VOUS L'AI DÉJÀ DIT ...
JE VOUS EMPRUNTE CETTE MOTO
GRAND CAPITAINE !
BRLOM
CIAO !

ha
ha
SHÔKA ...
ha
ha
ha
PENSE QUE JE SUIS VRAIMENT NULLE
CE N'EST PAS FAUX ...
ha
ha
ha
ha
MAIS ...
SI L'ON OBTIENT LES CHOSES QUE L'ON DÉSIRE GRÂCE À SES PROPRES EFFORTS ...
ALORS JE CROIS QUE CELA DEVIENT BEAUCOUP PLUS PRÉCIEUX
RAÏ...
ALLEZ, MONTE !
WOUAH !
RAÏMON SHIRAGI ...
LUI QUI EST SI TALENTUEUX ...
KYAAAAAH !
QUE DOIT-IL DONC À FAIRE ?